窓《まど》

小手鞠るい

Rui Kodemari

小学館

窓《まど》

窓

もくじ

プロローグ　夜明け

ある日、それは、私《わたし》のもとへやってくる。

いったいどうやって、どこからやってくるのか、わからないけれど、とにかく、どこかから。

やってきた「それ」のしっぽをぎゅっとつかんで、ついてゆく。

ある日は駆《か》け足で、ある日は忍《しの》び足で、ときには影《かげ》のようにぴたりと寄《よ》りそって、ときにはつまずいて、転びそうになりながら、ときには迷《まよ》いながら、けれども何があっても、つかんだ手だけは離《はな》さないで。

とにかくついていく。

いっしょに歩いていく。

空を飛ぶ鳥のように、野を駈《か》ける風のように。

おそらく私《わたし》にとって書くということは、「それ」といっしょに、「そこ」まで行ってみる、
ということなんだと思う。

言葉といっしょに、物語の生まれる場所まで。

書くのではなくて、行く。

行って、そこで見てきたものを語る。

この世でただひとりの人に向かって。

私《わたし》にとって、書くということは、愛する人にたどりつくまでの長い旅のようなもの。

さあ、出発しよう。

窓《まど》の外に広がっている空が、すみれ色に染《そ》まっている。

もうじき夜が明ける。

君のために作った歌

「ただいまぁー」

中学校から家にもどってきて、いつものように大きな声で呼《よ》びかけながら、玄関《げんかん》のドアをあけると、

「おかえりなさぁい」

玄関《げんかん》から台所に通じているドアが開いて、おばあちゃんが姿《すがた》を現《あらわ》した。

きっと、台所で、カップケーキかタルトを焼いているところなのだろう。

ドアの向こうから、バターとミルクと小麦粉と卵《たまご》とおさとうの入りまじった、ほんのり甘《あま》い香《かお》りが漂《ただよ》ってくる。

これも、いつものこと。おばあちゃんの趣味《しゅみ》は、お菓子《かし》づくりだから。そして、いつものように、おばあちゃんは、とってもおしゃれ。きょうは、エレガントな巻《ま》きスカートに、シックな黒のブラウスを合わせている。

いつもと違《ちが》っていたのは「おかえりなさい」のあとに、「外国から、小包みたいなものが届《とど》いてたよ、窓香《まどか》ちゃんに」って、言われたこと。

「え？　外国から、わたしに？」

問いかえすと、おばあちゃんは「うん」と、うなずいた。

「外国って、どこ？」

「さあ、わかんない。机《つくえ》の上に置いてあるからね」

なんだろう、へんだなぁと思った。

外国には、友だちも知りあいもいない。

昔はアメリカに、友だちは大勢《おおぜい》いたんだけど、今はもういない。遠ざかってしまって、いなくなったと言うべきかな。

それに「小包みたいなもの」って、いったいなんなのだろう。

首をかしげながら、わたしは、台所のそばの廊下《ろうか》のつきあたりにある、自分の部屋へ歩いていった。

部屋に入ると、かばんとテニスの部活バッグをどさっと投げだして、机《つくえ》の上に置かれている小包みたいなものを手に取った。

くすんだオレンジ色をした大型の封筒《ふうとう》。

手にした瞬間《しゅんかん》、ずっしりとした重みを感じた。

差出人の住所と名前も、わたしの住所と名前も、英語で書かれている。

だから、おばあちゃんは「外国から」って思ったんだろう。

わたしはとっさに「アメリカからだな」って思った。

日本の封筒《ふうとう》の色とは違《ちが》う、このオレンジ色の封筒《ふうとう》は、アメリカで暮《く》らしていた小学生のころ、よく目にしていたものだったから。

差出人の名前は「ジェフリー」と、読めた。

そのうしろにつづいているファミリーネームのほうは、どう読んだらいいのか、まるでわからない、長くて難《むずか》しいつづりの名前。

知らない人だ。

まったく知らない人だ。

なのに、わたしには、わかってしまった。

封筒《ふうとう》をあける前から、なんとなく、わかってしまった。

なんとなく、ではあるのに、それは同時に、絶対《ぜったい》そうだ、という確信《かくしん》でもあった。

このなかに入っているのは、母に関係している「何か」に違《ちが》いない。

今から一年ほど前に、どこかで亡《な》くなった、わたしの母。

日本語の作文には「おかあさん」と、英語の作文には「マイマザー」と、書いていた。

呼《よ》びかけるときには、家のなかでも外でも「マミー」だった。

今でも、心のなかでは「マミー」って呼《よ》びかけている。

大好きな人だった。

一時期は、世界でいちばん好きな人だった。

いつも、彼女《かのじょ》にくっついていた。

わたしは不安な小枝《こえだ》で、マミーは安心な大木だった。

木からむりやり引きさかれる枝《えだ》のように、母と別れさせられたとき、わたしはまだ、小学生だった。

大好きな人だったのに、ひどく憎《にく》んでいたこともあった。

なぜなの？　なぜなの？　と、彼女《かのじょ》に向かって、答えの返ってこない問いを発しては、泣いていた日もあった。

忘《わす》れられないのに、忘《わす》れたふりをしていたこともあった。

大好きだった人の名前は「真美子」という。

アメリカで暮《く》らしていたとき、幼《おさな》かったわたしから「マミー」と呼《よ》ばれるのが、彼女《かのじょ》は好きだった。アメリカ人の子どもたちは「おかあさん」という意味で「マミー」と呼《よ》んでいたわけだけど、母はきっと、わたしからファーストネームで呼《よ》びかけられているような気になっていたのだろう。

マミーはわたしの名前――「窓香《まどか》」を縮《ちぢ》めて「マド」と呼《よ》ぶこともあった。

「マドとマミーって、仲よしのお友だちみたいで、すてきよね。それに、まるで絵本のタイトルみたいじゃない？」

記憶《きおく》のなかの母はそう言って、笑っている。

わたしの髪《かみ》の毛をふたつに分けて、三つ編《あ》みにしてくれながら、母は「絵本のタイトルみたいじゃない？」と言ったのだった。

「マドは森の野うさぎで、マミーは月に住んでるうさぎなの」

「じゃあマミー、その絵本、きょう寝《ね》る前に読んでくれる？」

わたしの問いかけに、母はどう答えたのだろう。

思いだせない。

ただ、記憶《きおく》のなかの母は笑顔だ。

笑顔だけは、はっきり思いだせる。

笑っているのに、泣いているようにも見える。

わたしの記憶《きおく》のなかの母の笑顔は、いつだって、ちょっとだけ、悲しそうなのだ。


はさみでていねいに切って、封筒《ふうとう》をあけた。

封筒《ふうとう》の内側のビニールの気泡《きほう》がはじけて、プチプチと音がした。

なかから取りだしたものは、さらにもう一枚《まい》のオレンジ色の封筒《ふうとう》に入っていた。感触《かんしょく》からすると、本のように思えた。

母が愛読していた本、なのだろうか。

母が生前、大切にしていた本？

でもなぜ、今ごろになって、これがわたしのもとへ？

出てきたものは、本ではなかった。

がんじょうなつくりの、一冊《さつ》のノート。

色はピンク。ショッキングピンクというのか、明るいあざやかなピンクだ。

表紙にも、裏表紙《うらびょうし》にも、全面に、糸で刺《し》しゅうがほどこされている。

機械では、こんな刺《し》しゅうはできないはずだから、このノートは、一冊《さつ》、一冊《さつ》、だれかが針《はり》でチクチク刺《し》しゅうをした、ハンドメイドのものなのだろう。

幾何学的《きかがく》にデザインされた、木と枝《えだ》、木の葉と木の実、花、花のつぼみなどが一面に広がっていて、まんなかに、二羽のはとが向かいあっている。そんな絵柄《えがら》。

色の糸は、緑、赤、青、黒、むらさき。

とても華《はな》やかな、遠くから見てもぱっと目に飛びこんでくるような、一度、見ただけで忘《わす》れられなくなるようなノート。

わたしの覚えている母の趣味《しゅみ》とは、ちょっと違《ちが》う気もするんだけど。

それほどぶあつくはない。でも、うすくもない。

ノートを開く前に、封筒《ふうとう》のなかを調べてみた。送り主であるジェフリーという人からわたしに宛《あ》てた手紙か、カードが入っているのではないかと思って。

何も入っていなかった。

何も入っていないということが、わたしへのメッセージのようにも思えた。

ノートを開く前に、深呼吸《しんこきゅう》をひとつ、した。

それから、手のひらと指先で、表紙をなでてみた。

ごわごわとした手ざわりがあった。

その「ごわごわ」は、母に対するわたしの思いのようでもあった。

最初に感じた「ずっしり」とした重みが、まったく別の重みとなって、心に落ちてくるのがわかった。

ノートの表紙をあけると、その裏側《うらがわ》のすみっこに、ぽつんと、クリーム色の付箋《ふせん》が貼《は》りつけられていた。

〈このノートをあなたに送るよう、ぼくはマミコから依頼《いらい》されていました。たいへん遅《おそ》くなってしまったことを、深くおわびします。ジェフリー〉

手書きの英文で、書かれていたメッセージはそれだけだった。

ノートの最初のページは、白紙。

一枚《まい》めくると、なつかしい手書きの文字が並《なら》んでいた。

もう何年も目にしたことのなかった、それは、大好きだったマミーの文字だった。

大きくて、まんまるで、のびやかな文字。

ところどころ、けい線から、野放図に飛びだしている文字を、わたしは目で追った。

体のなかの器が涙《なみだ》でいっぱいになって、外にあふれでそうになる気持ちを、懸命《けんめい》におさえながら。

肯定《こうてい》的に見れば
この世には希望が
否定《ひてい》的に見れば
この世には苦悩《くのう》が
満ちあふれている
つまり私《わたし》は
私《わたし》の窓《まど》を通してしか
この世界を見ることができないし
この世界を創《つく》ることができない
ならば私《わたし》は
心の窓《まど》をみがいて
徹底《てってい》的にみがきぬいた窓《まど》を
大きく大きく開いて
この世界を見ようと思う
ちっぽけな小石ですらない

風にいざなわれて足もとを流れる
砂《すな》つぶにすぎない私《わたし》だけれど

一編《ぺん》の詩のような文章の最後には、小さな声でささやくように、こう記されていた。
――旅の途上《とじょう》で。勇敢《ゆうかん》な少女、愛《いと》しい窓香《まどか》に捧《ささ》げる「君のために作った歌」です。

木枯《こがら》しに抱《だ》かれて

母がわたしのために作ったという「歌」を読みおえたとき、世界中から音が消えた。

勉強部屋の窓《まど》の外では、小鳥たちがさえずっていた。四月の優《やさ》しい風が庭木の枝《えだ》をさわさわ揺《ゆ》らしていた。隣《となり》の家の庭で飼《か》われている犬が、なんだかうれしそうな声を出していた。通りを走る車の音もかすかに聞こえていた。

台所では、おばあちゃんの立てる物音がしていた。

おばあちゃんが聞いているラジオから、わたしの知らない歌手の歌っている、古いフォークソングが流れていた。たぶん、古い歌なんだろう。雰囲気《ふんいき》でわかった。

「人間なんて、ララーラララララーラ……」

おばあちゃんが歌詞《かし》を口ずさんでいた。

小鳥、風、犬、車、ラジオ、おばあちゃんの声。

それらの音がすーっと遠ざかるのと入れかわりに、わたしは深い霧《きり》のような静けさに包まれて、するすると別の世界に吸《す》いこまれていった。

別の世界――。

ここではない、別の世界。

ここではないどこかに、それはたしかに存在《そんざい》していた。

もしかしたら今も、存在《そんざい》しているのかもしれない。

ふだんは、なるべく思いださないようにしている。

なんらかのきっかけがあって、ふと思いだしそうになったときには、あわてて胸《むね》の奥《おく》に押《お》しやって、窓《まど》のない小部屋に閉《と》じこめて、ドアに鍵《かぎ》をかけてしまう。

バタンとドアがしまって、ガチャンと鍵《かぎ》がかかる。

バタンとガチャン。

別の世界を封《ふう》じこめる、おまじないみたいなもの。

そのおまじないが、今はまったく効《き》かなくなっている。

小さな部屋のドアがあいて、思い出のかけらが飛びだしてくる。思い出のしっぽがのぞいている。風が吹《ふ》いてくる。風が強くなる。

思い出が思い出を連れてくる。

思い出の香《かお》り、思い出の色、思い出の手ざわり。

つめたい風。木枯《こが》らしに巻《ま》きあげられて、空中でくるくるくるくる回っている茶色い落ち葉。まるでダンスをしているみたい。

今は春なのに、別世界では、木枯《こが》らしが吹《ふ》いている。

木枯《こが》らしが雪を連れてくる。

空のかなたから、雪が舞《ま》いおりてくる。神様が、空の上から地上に向かって、紙吹雪《かみふぶき》を散らしているかのように。

桜《さくら》の花びらみたいなぼたん雪、さらさらの白い砂《すな》みたいなパウダースノウ、ひと晩《ばん》中、降《ふ》りやまない雪嵐《あらし》。

木枯《こが》らしに抱《だ》かれて、わたしの心はその町へ連れていかれる。


五つのときから三年あまり、わたしと母と父が三人で暮《く》らしていた町は、アメリカとカナダの国境《こっきょう》の近くにあった。

まるで手の指のような形をした、細長い湖が連なっているので「フィンガーレイクス」と呼《よ》ばれている湖。

そのうちのひとつのほとりに、父の通っていた大学があり、大学を中心にして、こぢんまりとした町が広がっていた。

町の色は、冬は雪の白、夏は空と湖の青。

一年の半分は、雪にうずもれていた。

「季節がふたつしかないわね、ここは。夏が終わったらいきなり冬で、冬が終わったらいきなり夏だもの。春と秋は、どこへ行ったのかしら？」

母がそう言うと、父は笑いながらこう返していた。

「便利でいいじゃないか。夏服と冬服の二種類だけですむんだから。コートの季節が終わったら、半袖《はんそで》と短パンでいいわけだ。シンプルでいいよな」

「でも私《わたし》は、春と秋のおしゃれがしたいの」

住所はニューヨーク州だったけれど、自由の女神やエンパイア・ステイト・ビルディングのあるニューヨークシティからは、バスで八時間近くもかかった。

列車は走っていなかった。

だから、日本へもどるときや、日本からもどってくるときには、わたしたちはたいてい、ニューヨークの空港で飛行機を乗りかえていた。

一度だけ、国内飛行機がどうしても取れなくて――そのとき、父は先に飛行機で大学町にもどっていた――母とふたりで、バスに乗ったことがあった。

母は「ああ、うんざりした。もう二度と乗りたくない。背中《せなか》とおしりが岩みたいになったわ」なんて、ぼやいていたけれど、わたしはその、長いバス旅行を大いに楽しんだ記憶《きおく》がある。

近くに座《すわ》っていた乗客から「おじょうちゃん、おいくつ?」と英語でたずねられると、覚えたての英語で「わたしは五歳《さい》です」と答えていた。

途中《とちゅう》で座席《ざせき》が足りなくなって、母のひざの上にのせてもらえたおかげで、外の景色がよく見えた。

草原で草をはんでいる牛や馬、羊ややぎを目にするたびに、わたしは指さしながら歓声《かんせい》を上げていた。

「ねえ、マミー見て、ほら、馬がいるよ」

すると、母は居眠《いねむ》りからはっと目を覚まして、こう言うのだ。

「え?　もう着いた?　なんだ、まだじゃない?」

八時間をかけてたどりついた長距離バスステーションには、父が車でわたしたちを迎《むか》えに来てくれていた。

銀色のワゴン車は「雪道に強くて値段《ねだん》が安い」という理由で選ばれた古い車だった。車のなかには小さな「三人の世界」があった。

狭《せま》いけれど、とても快適《かいてき》な、とても気持ちのいい世界。

外には木枯《こが》らしが吹《ふ》きあれていても、小さな世界は、あたたかかった。

後部座席《ざせき》に座《すわ》って、わたしはふたりの会話に耳を傾《かたむ》けていた。

ふたりはいつも、早口の日本語でまくしたてていた。伝えたいことが多すぎて困《こま》る、五十音では足りない、そんな感じのおしゃべりだった。

「ねえ、佑樹《ゆうき》、ちょっと聞いてくれる。バスのなかで、うしろに座《すわ》っていた人がね、突然《とつぜん》立ちあがって……声がローレン・バコールに似《に》てるって言われて……」

母は父を「佑樹《ゆうき》」と呼《よ》びすてにしていた。

一方の父は「真美ちゃん」だった。

「へえ、そんなこと、言われたの。……傑作《けっさく》だ。日本ではありえないことだな」

「そうでしょ？　ありえないことよね」

「真美ちゃんが美人だったからだろ？」

「さあ、どうだか」

バスのなかで、どんな「ありえないこと」があったのだろう。

アメリカに来たばかりのころは、家のなかでも外でも、三人でいるときには日本語で話をしていた。

わたしが学校に通うようになってからは、家の外に出ると、両親もまわりの人たちを意《い》識《しき》して、英語を使うようになった。

わたしの日本語はたちまち、おぼつかなくなってしまって、そのうち家のなかでも英語を使うようになっていた。

気がついたら、両親よりもわたしの英語のほうが、流暢《りゅうちょう》になっていた。

スーパーマーケットや薬局で、店員さんの説明が理解《りかい》できなくて困《こま》っている母を、助けてあげたことが何度もある。

それは当然だろう。家から一歩、外に出れば、友だちも、スクールバスの運転手も、先生も、友だちの親も、お店の人も、みんな英語しか話さないのだから。

父も母も必死になって、わたしに日本語を教えようとした。

そして、忘《わす》れさせないための努力を重ねた。むなしい努力だった。

「窓《まど》ちゃん、絶対に日本語を忘《わす》れちゃだめだよ。あと二年ほどしたら、また日本へもどるんだから」

「漢字のドリル、毎日一ページ、必ずするのよ」

「はい、これ、おばあちゃんからの贈《おく》り物」

贈《おく》り物はいつだって、日本語で書かれた絵本や童話の本だった。

しかし悲しいかな、わたしの頭からは、みるみるうちに日本語が抜《ぬ》けおちていった。あたかも頭がざるになったかのように。

両親から日本語で話しかけられても、英語で答えるようになっていた。さぞ、生意気だったことだろう。

母は眉《まゆ》と声をひそめて、父を責《せ》めた。

「だから、言ったじゃない。こうなるって、わかってたから、行きたくないって」

父が会社から派遣《はけん》される形で、アメリカの大学に留学《りゅうがく》することになったとき、母は、わたしとふたりで日本に残りたいと主張《しゅちょう》した。

「いいじゃないか、これからの時代、バイリンガルっていうのは、強みになるよ」

父の意見に、母は反対した。

「日本語か英語か、どちらかの言語でしっかりと人格《じんかく》が育ってから、もうひとつの言語を学ぶべきじゃないかと思うの」

母にはもうひとつ、アメリカに行きたくない理由があった。

もしかしたら、その理由がすべてだったのかもしれない。

もちろん、当時はまだ幼《おさな》かったわたしに、そんなことは、わからなかった。だから、「その理由がすべて」は、今にして思えば――ということだけれど。

母とわたしが、父といっしょにアメリカに行って、そこで三年間、暮《く》らすためには、母は会社を辞《や》めなくてはならなかった。それが会社の決まりだった。

両親の働いていた会社は、近い将来《しょうらい》、ホテル事業部を起こすことになっており、父はそのプロジェクトの要《かなめ》になるためにアメリカに派遣《はけん》され、ホテル経営《けいえい》学を学ぶことになっていた。

母は同じ会社の広報部《こうほうぶ》で働いていた。肩書《かたが》きは「チーフ」だった。

母は仕事が好きだったんだと思う。

だから、会社を辞《や》めてまでアメリカへは行きたくなかった。

大切に育ててきたプロジェクトや人間関係を、みずからの手で、ポキリと折ってしまうのは残念で、無念で、くやしくてたまらなかった。

「三年なんて、あっというまだよ。佑樹《ゆうき》はアメリカで、私とマドは日本でがんばる。そういう家族もいたっていいんじゃない？」

「……そんなの、だめだよ。ぼくは、真美ちゃん、窓《まど》ちゃんといっしょに行きたい。家族三人そろって、暮《く》らしたい。たとえ三年でも、離《はな》れ離《ばな》れはいやなんだ。それが家族ってものだろ？　みんなでいっしょにアメリカ生活を体験しようよ」

父はそう言って、ゆずらなかった。

結局、母は会社を辞《や》めて、父についていくことにした。仕事よりも、家族を選んだということだろうか。

大学時代に知りあって、卒業後、同じ会社の違《ちが》う部署《ぶしょ》に就職《しゅうしょく》し、その翌年《よくとし》の秋に結婚《けっこん》したというふたりは、幼《おさな》いわたしから見ても、とても仲がよかった。ときどきけんかもしていたけれど、すぐにどちらかが謝《あやま》って、仲なおりをしていた。

見えていただけじゃなくて、本当に仲がよかったんだと思う。

仲がよかったから、愛しあっていたから、だからこそ、父は母の「決意」を認《みと》めたくなかったのだろう、と、今のわたしはそう思う。

認《みと》めない、だけじゃなくて、許《ゆる》せなかったのだろう。

十四年近く、生きてきたわたしにはやっと、そう思えるようになっている。

でも、当時はまったく理解《りかい》できなかった。

幼《おさな》かったわたしには、こんなに仲のいいふたりがなぜ、別れなくてはならないのか、理《り》解《かい》できなかったし、したくもなかった。

父の留学《りゅうがく》が終わって、一時帰国ではなくて、ふたたび家族そろって日本へもどる日が目の前にせまってきていたその日、母は宣言《せんげん》するかのように言いわたした。

あれは、母の独立宣言《どくりつせんげん》だったのだろうか。

「私《わたし》、日本へはもどりません。アメリカに残ります、マドといっしょに。佑樹《ゆうき》、あなたひとりでもどってくれる？」

あのとき母は、キッチンに立っていた。

わたしは、キッチンのつづきにあるダイニングルームのテーブルの前に座って、漢字ドリルか何かをしていた。

「こっちへ来るときには、佑樹《ゆうき》の望み通りにしたでしょ。今度は、私《わたし》の望みを聞いて」

あたりには、アップルパイの焼けるにおいが漂《ただよ》っていた。

アップルパイは、父の大好物だった。

父を失望させ、悲しませるとわかっている話をするために、母はパイの生地《きじ》を練り、りんごを刻《きざ》んでいた——そう思うと、わたしの心はたちまち木枯《こが》らしに包まれる。

木枯《こが》らしのなかで、母のうしろ姿《すがた》を思いだしながら、閉《と》じていたまぶたをあけて、ノートのページを一枚《まい》、めくった。

——勇敢《ゆうかん》な少女、窓香《まどか》へ

白いページの上に、母からわたしに宛《あ》てた「手紙」が姿《すがた》を現《あらわ》した。
天国からだって、過去《かこ》からだって、手紙が届《とど》くことはあるのだ。

限《かぎ》りある命

勇敢《ゆうかん》な少女、窓香《まどか》へ

この、まっ白なノートの一ページめを、私《わたし》はあなたへの手紙から始めたいと思います。

そして、できれば、あなたへの手紙でうずめつくしたいと。

窓香《まどか》、あなたは今、どこで、このノートを開いて、この手紙を読んでいますか？

何歳《さい》ですか？　学生ですか？　それとも社会人？

だとしたら、どんな仕事をしているの？　その仕事は楽しい？

パートナーはいますか？

大人になって、だれかと結婚《けっこん》して、あなたもおかあさんになっているのかしら？

立てつづけにたずねてしまったけれど、もしかしたら、あなたがこの手紙を読むことはないのかもしれない。

読まれることがないとわかっている手紙を書くのは、ひどくむなしい気もするのだけれど、それでも書いておきたいと思うし、書かずにはいられないの。もしかしたら、あなたのためではなくて、私《わたし》は私《わたし》のために、書いておきたいのかもしれません。

それでも、もしも読んでくれているとしたら、最後まで読んでくれますか？

窓《まど》ちゃん、幼《おさな》いあなたと別れたとき、あなたはまだ八つでした。くるくる動く、かわいい瞳《ひとみ》。小さな生き物や、道ばたの草花や、珍《めずら》しい形をした石ころなんかを見つけたとき、「ねえ、マミー、見て見て」って、指さして私《わたし》に教えてくれた小さな女の子。家族三人のなかで、いちばん英語がうまくて、友だちがいっぱいいて、あなたは私《わたし》の誇《ほこ》りでした。あなたは私《わたし》の自慢《じまん》の娘《むすめ》だったの。

いよいよ日本へ帰国することになった日、私《わたし》はひとりで、あなたを見送りに空港まで行きました。佑樹《ゆうき》からは「絶対《ぜったい》に来てほしくない。断《だん》じて来るなよ」と、厳《きび》しく言いわたされていたんだけれど、こっそり行かずにはいられなかった。

だって、生きて呼吸《こきゅう》して動いているあなたの姿《すがた》を目にできるのは、きょうが最後かもしれないって思ったら、行かずにはいられなかったの。

あなたは、大好きな小さな熊《くま》さんの形をしたリュックサックを背負《せお》って、佑樹《ゆうき》に手を引かれて、チェックインカウンターの前にできている行列に並《なら》んでいました。

まっすぐに前を向いている佑樹《ゆうき》の隣《となり》で、ときどきくるっとふり返って、うしろを見たり、きょろきょろしたりしていたあなたが、まるで私《わたし》の姿《すがた》を探《さが》し求めているように見えてしまって、私《わたし》はあふれる涙《なみだ》をぬぐいもしないで、あなたの名前を呼《よ》びそうになるのを必死でこらえていました。

「おまえは娘《むすめ》を捨《す》てた。母親でいる資格《しかく》なんてない」

私《わたし》がアメリカに残るなら、離婚《りこん》するしかないと言われて、話しあいを進めていたとき、佑樹《ゆうき》からは、何度も何度もそう言われました。

たしかに私《わたし》には、母親でいる資格《しかく》はないのかもしれない。

でもね、窓《まど》ちゃん、私《わたし》はね、あなたを捨《す》てたんじゃないの。

そうでしょう?

私《わたし》に、あなたを捨《す》てたりできるはずがないじゃない?

あなたといっしょにアメリカに残って、ふたりで生きていきたかったし、私《わたし》にはそれができると信じていたの。どんなことをしてでもがんばって、ふたりで生きていこうって、そう決意していたの。

もちろん佑樹《ゆうき》は許《ゆる》してくれませんでした。

おまえには、娘《むすめ》から、娘《むすめ》の父親を奪《うば》う権利《けんり》はないって。

それは最初から想像《そうぞう》していた通りの怒《いか》りだった。おまえがアメリカに残るのはおまえの勝手だが、窓香《まどか》を道連れにするなんて、とんでもないことだと、火を噴《ふ》くような勢いで怒《おこ》りました。

そう、こうなることは、最初から想像《そうぞう》していた通りだったから、私《わたし》は一生懸命《いっしょうけんめい》、言葉をつくして説明し、なんとか納得《なっとく》してもらえるよう努力を重ねました。

でも、だめだったの。

彼《かれ》の雇《やと》った弁護士《べんごし》から呼《よ》び出されて、宣告《せんこく》されました。

まだまともな職業《しょくぎょう》にもつけていない私《わたし》には、窓《まど》ちゃんを育てる権利《けんり》も、窓《まど》ちゃんの親でいられる権利《けんり》も、認《みと》められることはないだろうって。

不毛な話しあいを重ねたあげくの果てに、彼《かれ》の導《みちび》いた結論《けつろん》は「離婚《りこん》には同意するが、離《り》婚《こん》後、窓香《まどか》には会ってもらいたくないし、いっさい会わせない。縁《えん》を切ってもらいたい。その条件《じょうけん》をのめるなら、好きにすればいい」というものでした。

佑樹《ゆうき》もずいぶん悩《なや》んだのだと思います。

私《わたし》にはあなたのパパを責《せ》めたり、恨《うら》んだりする権利《けんり》はいっさいありません。彼《かれ》はあなたのことを、世界でいちばん愛していたと思うし、父親としてもりっぱな人だったと思います。

きっと今もそうでしょう？

佑樹《ゆうき》は、自分の持っている愛情《あいじょう》をすべて、あなたに注いでいたと思います。彼《かれ》の言う通り、私《わたし》には佑樹《ゆうき》から、あなたというかけがえのない娘《むすめ》を奪《うば》う権利《けんり》はない。

あなたと別れてアメリカに残って、ひとりでやっていくか。

それとも家族三人で、日本にもどるか。

二者択一《にしゃたくいつ》をせまられた私《わたし》は、迷《まよ》いに迷《まよ》って、前者を選んだのか？

いいえ、そうではありません。私《わたし》は迷《まよ》うことなく、前者を選びました。そこに迷《まよ》いはなかったのです。

窓《まど》ちゃんも知っていたと思うけど、アメリカに来てから、私《わたし》は大学の聴講生《ちょうこうせい》になって、日本にいたときにはできなかった勉強をし直しました。

女性学《じょせいがく》、社会学、歴史学。取れる講座《こうざ》はすべて取って、自分のそれまでの人生のなかで、こんなにも勉強したことはなかった、と言えるほど。もちろんその勉強は今もつづけていますが。

何はともあれ、その過程《かてい》で、私《わたし》は次第に、アメリカでジャーナリストになりたい、と思うようになっていたの。そう、日本ではなくて、アメリカで。

大それた夢《ゆめ》かもしれないけれど、アメリカで暮《く》らすマイノリティーの私《わたし》だからこそ、できる仕事があるんじゃないかと。

佑樹《ゆうき》に話したときには、笑われました。「冗談《じょうだん》、言うなよ」って。

でも、私《わたし》は真剣《しんけん》だった。日本で積み重ねてきたキャリアをみずから断《た》ち切ってしまった私《わたし》が、アメリカで新たに見つけた目標を、今度はどうしてもあきらめたくなかったの。

勝手でしょうか？

自分のやりたい仕事をして、自分の夢《ゆめ》や生きがいを追求して、社会にも貢献《こうけん》できるような人になりたい。一生を通して、夢《ゆめ》や目標を追求していきたい。そう考えることは、自分勝手でしょうか？

それよりも、女は、夫や子どもや家庭のことを優先《ゆうせん》して、自分の夢《ゆめ》など追い求めるべきではないのでしょうか。私《わたし》にはそうは思えなかった。これ以上、自分の一部が、しかもいちばん大事な部分が、死んでいるような生き方をしてはいけないんだって、どうしてもそう思えてならなかった。

だからといって、窓《まど》ちゃんとの別れが、つらくないはずはありません。別れたくない、離《はな》れたくないっていって、手放したくないって、最後の最後まで、そして、今もそう思っています。信じてください。

私《わたし》は今だって、あなたと別れたことを後悔《こうかい》しているの。後悔《こうかい》しているけれど、私《わたし》にはこの道しかなかったし、これからもないと思います。

いつか、いつの日か、なんらかの運命の力が働いて、もしも私《わたし》があなたに会うことができたなら、成長したあなたに会ったとき、私《わたし》は自分自身に誇《ほこ》りを持って生きている女性《じょせい》でありたいのです。

窓《まど》ちゃん、当たり前のことだけれど、人の命には限《かぎ》りがあります。例外はありません。

だれもが、この世の中のだれもが、限《かぎ》られた命を生きています。限《かぎ》られた命をせいいっぱい生きていくために、この道しかないと思ったとき、私《わたし》は窓《まど》ちゃんとの別れを受け入れました。

くり返しになるけれど、あなたと別れたとき、私《わたし》はあなたを捨《す》てたんじゃないの。これは、私《わたし》のぎりぎりの選択《せんたく》でした。崖《がけ》っぷちに立たされたとき、引き返すんじゃなくて、崖《がけ》から飛んでみるほうを、私《わたし》はやってみたかった。

だれひとり、理解《りかい》してくれなかったし、ひどい母親だって、日本に住んでいる友人、知人、親戚《しんせき》からも言われました。それでも、私《わたし》が私《わたし》でいなかったら、私《わたし》はあなたの母でいることもできないでしょう？

私《わたし》はこの世界のかたすみでひとり、限《かぎ》りある命を燃《も》やしつくして、生きていこうと思います。

窓《まど》ちゃん、あなたは勇敢《ゆうかん》な少女です。

だって、そうでしょう？

勇敢《ゆうかん》でなかったら、親の都合で、日本からアメリカにぽーんと放りこまれて、あんなに強く、たくましく、やっていけたはずがない。

自分の勉強に無我夢中《むがむちゅう》で、母親らしいことなど、ほとんど何もしてあげられなかったのに、あなたはりっぱに育っていきました。

私《わたし》のひざの上におとなしく座《すわ》って、私《わたし》が読んでいる本をじっと見つめていた、幼《おさな》いあなたの体の重みが今もまだ、このひざの上に残っています。

朝から夕方までびっしりつめて受講《じゅこう》していた大学の講義《こうぎ》を、あなたは私《わたし》といっしょに受けてくれました。きっと、たいくつでたまらなかったはずなのに。

転んで足にけがをしてあわてて病院に駆《か》けこんだときにも、おろおろしている私《わたし》のそばで、あなたは泣き言ひとつ言わないで、お医者さんの質問《しつもん》に、はきはき答えていた。血も流れていたし、痛《いた》かったはずなのに。

困難《こんなん》を恐《おそ》れず、不安に負けず、あなたはいつも笑顔で元気で立ち向かっていった。踏《ふ》まれても起きあがって咲《さ》く、たんぽぽみたいなその勇敢《ゆうかん》さを、私《わたし》も見習いたいと思っています。

むちゃくちゃな手紙になりました。

ただ、私《わたし》の思いをここに、白いページにぶっつけただけの手紙です。このあと、自分で読み返したら、恥《は》ずかしくなってしまうのかもしれないね。

窓《まど》ちゃん、もしもあなたがどこかでこの手紙を読んでいるなら、「私《わたし》はここにいます」と言わせてください。

私《わたし》はここにいます。

ここで生きています。

あなたを想っています。

あなたを忘《わす》れません。

だれひとり認《みと》めてくれなくても、私《わたし》はこれからも、あなたといっしょに生きています。
許《ゆる》してほしいとは、思っていません。
でも最後はやっぱりこの言葉（小さな声で）。
ごめんね。

ひとりの部屋

「窓香《まどか》ちゃん」

廊下《ろうか》のほうから、わたしを呼《よ》ぶおばあちゃんの声が聞こえてきた。

「そろそろごはんにしよう。おなか、すいたでしょう?　……窓香《まどか》ちゃん」

はっと我《われ》に返って、まるで跳《は》ねかえされたように、ベッドから上半身を起こした。

同時に、胸《むね》の上から床《ゆか》に、ノートがバサッと落ちた。

母のノートに書かれていた手紙を、長い時間をかけて――わたしは日本語の文章を読むのに、人の倍くらいの時間がかかる――読んだあと、ベッドにあお向けになって、また何度か読みかえして、読みかえしながら昔のことをあれこれ思いだしているうちに、吸《す》いこまれるようにうたた寝《ね》をしてしまったのだろう。広げたノートを胸《むね》の上に置いたまま。

あっ、いけないと思って、あわてて拾いあげた。

きょうは部活のテニスで思いきり練習したから、体がくたくたになっていた。

ノートを手に取り、表紙をさぁっとなでたあと、枕《まくら》の下につっこんだ。まるで隠《かく》すようにして。

手が勝手に動いて、そうしてしまっていた。

隠《かく》してから、思った。

え？　どうして隠《かく》すの？　これって、隠《かく》さなきゃいけないものなの？

答えは、イエスでもノーでもない。でもやっぱりなんとなく、隠《かく》しておいたほうがいいだろうって、思ってしまった。

父はわたしの部屋へは勝手に入ってこないけど、おばあちゃんはわりと気軽に入ってくる。入ってきて「それなぁに？　ピンクのノートなんて、珍《めずら》しいね。どんなことが書いてあるの？」などと、聞かれたくないし、聞かれたら困《こま》る。

「おばあちゃん、すぐ行くよ。おなか、ぺっこぺこ！」

大きな声で返事をしてから、くしゃくしゃになっている髪《かみ》の毛を手で直した。

部屋を出ていこうとしているとき、玄関《げんかん》のほうで物音がして、

「ただいまぁ」

と、父の声がした。

おばあちゃんはいつも、父からのメール——電車に乗ったとき、駅に着いたとき、電車のなかからなど、どこから届《とど》くのかは、日によって違《ちが》うらしい——を読んで、夕ごはんのタイミングを計っている。三人そろってテーブルを囲むために。

父の帰りが遅《おそ》くなりそうな日は、わたしとおばあちゃんはふたりで先に食べる。

そういうときでも、デザートだけは三人いっしょに。

アメリカから日本へもどってきたばかりのころは、この習慣《しゅうかん》がけっこう好きだったし、楽しかった。

おばあちゃんは料理がとても上手で、和食でも洋食でもなんでも作れるし、チャレンジ精神《せいしん》が旺盛《おうせい》だから、珍《めずら》しいエスニック料理なんかも作ってくれる。

小学生だったわたしは、おばあちゃんを手伝ったり、手伝いながら料理を教わったりするのも好きだった。

「わあっ、何これ。何料理？　なんだか変わったにおいがする」

「ああ、これはね、メキシコ料理。こないだテレビで見たのを再現《さいげん》してみたの。あとはオーブンに入れて焼くだけ。窓香《まどか》ちゃん、チーズをすりおろしてくれる？」

母とはそういうことをしたことがなかったから、新鮮《しんせん》だったのかもしれない。

おばあちゃんは昼間の数時間だけ、もともとはおじいちゃんが、おじいちゃんが亡《な》くなってからはおじちゃん――父のお兄さんだ――が開業している歯医者さんで働いている。働いているというよりも、手伝っているという感じかな。

歯医者さんまでは、バスで五分ほど。

おばあちゃんは、わたしが学校へ行ってから仕事へ行き、わたしが学校からもどってくる前には、ちゃんと家に帰ってきている。

実際《じっさい》におばあちゃんが言葉にして、そう言ったわけではないのだけれど、おばあちゃんはわたしにさびしい思いをさせないために、ありとあらゆることをしてくれている。

少なくともわたしはそう思ってきたし、今もそう思っている。

おばあちゃんはわたしのために、わたしのおかあさんになってくれたのだ、と。

父は父で、夕食の時間にはいつも、会社で起こったできごとをおもしろおかしく話して聞かせてくれたものだった。会社の人を動物にたとえて話すのがおかしくて、おばあちゃんとわたしはいつだって笑いころげていた。

「あいつは頭はいいんだが、要領《ようりょう》が悪い。お人よしで、ぼーっとしてる。いつだって一拍《ぱく》、遅《おく》れてやってくる。だから、猫《ねこ》にだまされるねずみになるんだよ」

「パパ、それって、反対じゃなかった？　猫《ねこ》がねずみにだまされて、お釈迦《しゃか》さまのところに来なかったから、十二支《し》から外《はず》されたんでしょ？」

「そうだよ、佑樹《ゆうき》、あんたも会社で、遅《おく》れてきた猫《ねこ》にならないように気をつけなさいよ」

「おれはだいじょうぶだよ、うさぎだから、かめには負けないさ」

「パパ違《ちが》う。うさぎは寄《よ》り道して、最後に勝つのはかめさんだよ」

「そうか、じゃあおれは、つるになるか」

「ばかだね、おまえ。かめのほうが長生きだよ」

三人でごはんを食べているときには、テーブルの上にもまわりにも、笑い声が満ちあふれていた。

けれども、いつのころからか、わたしはこの明るさが苦手になってしまった。

「窓香《まどか》、きょうはどうだった？　少しは慣《な》れたか、日本の学校に」

そんな父の質問《しつもん》に、どう答えたらいいか、わからなくなってきていたのだ。

日本語が下手なせいで、クラスでのけものにされている、なんてことは、口が裂《さ》けても言えないなと思っていた――。

「どうだ？　中二になって、新しいクラスにはそろそろ慣《な》れてきたか？」

小学生のころと同じ質問《しつもん》が、父から飛んでくる。

きょうのメニューは、巻《ま》き寿司《ずし》と、わかめとちりめんじゃことまゅうりとレタスのサラダと、だし巻《ま》き卵《たまご》と、赤だしのおみそしる。だし巻《ま》き卵《たまご》のなかには、ねぎとしいたけが入っている。赤だしのなかには、しじみ。

サラダのきゅうりをつまみながら、わたしは答える。

「あ、うん、まあね」

口数の少ないわたしをフォローするかのようにして、おばあちゃんがにこやかな笑顔で言う。

「新しい担任《たんにん》の先生、英語の先生でしょ。よかったね、窓香《まどか》ちゃんの英語力をきっと高く評価《ひょうか》してくれるわよ」

その「英語力」こそが、小学生だったころ、わたしがいじめられていた原因《げんいん》だったなんて、このふたりには、想像《そうぞう》もできないんだろうな。だから、中学生になってからは、英語ができないふりをしている、なんてことも。

巻《ま》き寿司《ずし》を頬《ほお》ばりながら、父は「そうだな」と、力強くうなずく。

「これからはね、窓香《まどか》みたいな子がバリバリ活躍《かつやく》できる時代が来るんだよ」

窓香《まどか》みたいな子？

それって、どんな子？

自分に自信がなくて、劣等感《れっとうかん》のかたまりで、とにかく目立たないように、みんなに合わせて、まわりに合わせて、明るくも暗くもなく、普通《ふつう》に普通《ふつう》に、できるだけ目立たないように生きている——わたしはそんな子なのに。

「そうだよ、窓香《まどか》ちゃんは将来《しょうらい》、英語力をいかして、外交官とか……」

「どんな職業《しょくぎょう》についたって、語学力はものを言うよ……」

父とおばあちゃんの会話が、バックグラウンドミュージックみたいに流れている。

うたた寝《ね》のせいか、わたしの頭はぼーっとしている。

ぼーっとした頭のなかには、母の手紙に書かれていた文章が、もつれた毛糸のかたまりみたいになって存在《そんざい》している。

——たしかに私《わたし》には、母親でいる資格《しかく》はないのかもしれない。

——私《わたし》に、あなたを捨《す》てたりできるはずがないじゃない？

——あなたといっしょにアメリカに残って、ふたりで生きていきたかったし、私《わたし》にはそれができると信じていたの。どんなことをしてでもがんばって、ふたりで生きていこうって、そう決意していたの。

父といっしょに日本にもどってこないで、母とアメリカに残っていたら、わたしにはどんな未来があったのかな、と、ふと思う。

たぶん、いじめられることは、なかっただろう。

アメリカの小学校には、英語の下手な子もいたし、肌《はだ》の色が濃《こ》かったり、親がいなかったり、変わった服装《ふくそう》をした親がいたり、おとうさんがふたりいたり、本当にいろいろな子がいたけれど、人と違《ちが》っていることを理由にして仲間はずれにしたり、されたりすることは、なかった。

ひとり、ひとり、みんなが違《ちが》っていて、違《ちが》っていることは当たり前で、違《ちが》っていないほうがおかしい、みたいな、そんな空気が教室のなかにも、外にもあった。


——勝手でしょうか？

——自分のやりたい仕事をして、自分の夢《ゆめ》や生きがいを追求して、社会にも貢献《こうけん》できるような人になりたい。一生を通して、夢《ゆめ》や目標を追求していきたい。そう考えることは、自分勝手でしょうか？


勝手じゃないよ、マミー。

って、言ってあげたいような気持ちに、わたしはなっている。

「ごめんね」なんて、謝《あやま》る必要もないよ。

だけど、言ってあげられない。言ったとしても、わたしの声は届《とど》かない。

だってマミーは、もうこの世にいないんだもの。

「ああ、そういえば、窓香《まどか》ちゃん、きょう、外国から何かいいものでも届《とど》いたの？　特別なプレゼント？」

不意をつかれて、だし巻《ま》き卵《たまご》にのばそうとしていたおはしを落としそうになった。

とっさにうそをついた。

「ううん、あれは取りよせ注文してた本」

「なぁんだ、外国のお友だちからじゃなかったんだ？」

「うん」

父はわたしたちの会話に、まったく関心を抱《いだ》いていないようだ。

ほっと胸《むね》をなでおろす。

あれがアメリカから届《とど》いたもので、母の残したノートで、そしてノートには、わたしに宛《あ》てた手紙がしたためられていると知ったら、ふたりはどう思うだろう。どう言うだろう。

取りあげようとするのだろうか。そんなもの、読んじゃいけないって。

この家のなかでは、母のことを、だれも何も口にしない。

だれが決めたわけでもない、それは長年の家族の決まりみたいなもの。

最後に母の話題が出たのは、今から一年ほど前、母が亡《な》くなったとき。しかも、亡《な》くなって、一か月以上が過《す》ぎてから。

母と別れた日には、目が溶《と》けるくらい泣いたのに、母の死を知らされたとき、涙《なみだ》は一滴《いってき》も流れなかった。もしかしたら、わたしの内面で、母はすでに亡《な》き人になっていたのだろうか。

「おれには関係ない人だが、窓香《まどか》にとっては母親だった人だ。だから知らせた。それだけだ。知っておくべきことだが、考えるべきことじゃない」

父はわたしの目を見ないままで、そう言った。言葉に、どんな感情《かんじょう》もこめないように注意を払《はら》っているかのような言い方だった。亡《な》くなった理由は「事故《じこ》に遭《あ》ったらしい」とだけ教えられた。わたしは何も聞きかえさなかった――。

「ごちそうさま、おいしかったよ、すごく。特に、だし巻《ま》き卵《たまご》、ヒットだった」

明るい笑顔――これは演技《えんぎ》――でそう言って、わたしは立ちあがった。

みんなの食器を流しまで運んで、ていねいに洗《あら》う。これはわたしの担当《たんとう》家事。

父はお湯をわかして、コーヒーか紅茶《こうちゃ》をいれようとしている。おばあちゃんは自家製《じかせい》のくるみのタルトを切りわけている。

洗《あら》い物をしながら、おばあちゃんに声をかける。

「おばあちゃん、わたし、おなかがいっぱいだから、デザートはスキップするよ。あした、お弁当《べんとう》といっしょに持っていくから」

「まあ、ダイエット中なの？　それはそれは……」

おばあちゃんは目を細めて、まぶしいものでも見るような目つきになっている。

「じゃ、勉強があるから」

洗《あら》い物をすませて、そそくさと去っていこうとしているわたしの背中《せなか》に、父の声が届《とど》く。

「がんばれよ、クラスで一番になってやれ、ただし、前からだぞ」

「任《まか》せて！」

明るく答えて、廊下《ろうか》を小走りに進むと、部屋のドアを勢《いきお》いよくあけて、静かに閉《し》めた。

パタン、という音を聞いたとき、わたしの体のなかに、わたし自身がもどってきた。そんな気がした。

本当のわたしが、抜《ぬ》けがらだったわたしに向かって、つぶやいた。

早くひとりになりたかった。

ひとりの部屋で、ノートのつづきを読みたかった。

ひとりで母と、向かいあいたい。

それは、母が恋《こい》しいとか、母に会いたいとか、そういう気持ちとは微妙《びみょう》に違《ちが》う、けれどもまったく違《ちが》うとも言いきれない、ひと筋縄《すじなわ》ではいかない、母に対する思いだった。

日本にもどってきたばかりのころは、きっとあとから母ももどってくる、と、信じていた。信じて待っていた。

でも、待っても待ってももどってこないんだと気づいたとき、母を激《はげ》しく憎《にく》んだ。

憎《にく》しみだったのかどうか、今となってはよくわからないけれど、怒《いか》りの感情《かんじょう》を抱《いだ》いていたことだけは、たしか。その証拠《しょうこ》にわたしは、わけもなく感情《かんじょう》を爆発《ばくはつ》させたり、わざと物をこわしたりするようになっていた。

激《はげ》しい感情《かんじょう》がしずまったあとには、悲しみがやってきた。

母に捨《す》てられた。わたしは捨《す》てられた子どもだ。まいごになった子が母を求めて泣くように、毎晩《まいばん》、ベッドのなかで枕《まくら》に顔を押《お》しつけて泣いていた。

――信じてください。

――私《わたし》は今だって、あなたと別れたことを後悔《こうかい》しているの。

――いつか、いつの日か、なんらかの運命の力が働いて、もしも私《わたし》があなたに会うことができたなら、成長したあなたに会ったとき、私《わたし》は自分自身に誇《ほこ》りを持って生きている女《じょ》性《せい》でありたいのです。


母という女の人のことを、もっと知りたいと、思いはじめていた。

いつのころからか、怒《いか》りも悲しみも遠のいて、「遠い人」に、そして「いない人」になっていた母が姿形《すがた》を変えて、わたしのもとへもどってきたのだと思った。

空港で別れてから――もちろんわたしは、母が見送りに来ていたことに気づいていなかった。気づいていたら、母に向かって走っていって、母の手を離《はな》さなかっただろう――亡《な》くなるまでの五年あまり、母はどこで、どんなふうに、暮《く》らしていたのだろう。

どんな仕事をして、どんな人に出会って、どんな夢《ゆめ》を見ていたのだろう。

アメリカでジャーナリストになる、という目標に、少しでも近づけたのだろうか。

母は、限《かぎ》りある命を燃《も》やしつくして、生きたのだろうか。

亡《な》くなる前には、どんなことを思っていたのだろう。

母はもうこの世にはいないのに、このノートのなかには「いる」――そう思えてならなかった。

人生《たび》の空から

窓香《まどか》へ

私《わたし》は今、青い空のなかから、この手紙を書いています。

人生とは、旅のようなものです。ある地点を出発して、ある地点まで行く。

窓《まど》ちゃんが家を出て、学校へ行く。これも小さな旅です。

旅に出て、旅からもどる。また旅に出る。人生は旅のくり返しです。もとの場所へもどってこない旅、もどりたくても、もどれなくなってしまう旅もあります。

私《わたし》の乗った飛行機は、ケニアを飛びたって、ウガンダ共和国の首都、カンパラへ向かっています。

ある国を出て、ある国に着くまでのあいだ、私《わたし》たちは空中、つまり空のなかにいるわけだけど、そのときそこには、国もなければ、国境《こっきょう》もないのではないか。いつもそんなことを思っています。

小窓《こまど》に額《ひたい》をくっつけて外を見てみると、外にはぶあつい雲の海が広がっています。

うねうねとつづく雲の海の上には、まっ青な空。

雲の上は、いつだって晴れている。

なんだか奇跡《きせき》を見ているようです。

たとえ地上で戦争があって、大勢《おおぜい》の人が傷《きず》つき、バタバタと倒《たお》れ、命を落としているときでも、雲の上にはこんなにも美しい空が広がっている。


そしてもうひとつ、飛行機に乗っているときに、いつも思うこと。

私《わたし》が飛んでいるこの空を、もしも今、日本にいるあなたが見あげているとしたら。

そんなことは起こりっこない、と思う一方で、もしかしたらって、いつも思ってしまう。

だって、空はひとつでしょう。空はどこから見あげても、ひとつきりだもの。

窓香《まどか》、忘《わす》れないうちに書いておきます。

九歳《さい》のお誕生《たんじょう》日、おめでとう。

四月になったら、小学四年生だね。

日本で、友だちはできましたか?

得意な科目は何？
どんなクラブ活動をしているの？

窓香《まどか》と離《はな》れ離《ばな》れになって一年近くが過《す》ぎて、私《わたし》はやっと「アメリカの小学校」に入学できました。別名、ジャーナリスト小学校。

隣《となり》には、先生のジェフリーが座《すわ》っています。

優《やさ》しいところもあるけれど、厳《きび》しい先生です。

先生の口ぐせは「動く前に考えろ」と「考える前に動け」。

そのときの状況《じょうきょう》によって、ふたつの口ぐせのどちらかが出ます。

私《わたし》があわてているときには「動く前に考えろ」。

私《わたし》がのろのろしているときには「考える前に動け」。

窓《まど》ちゃんと別れたあと、湖畔《こはん》の大学町からニューヨークシティに引っ越《こ》しをしました。

そして、念願だったコロンビア大学の大学院への入学を果たしました。

今はまだ身分は大学院生なんだけど、仕事のトレーニングを兼《か》ねて、ジェフリーの助手をしているの。

ジェフリーは、フリーランスの戦争報道《ほうどう》カメラマンです。写真も撮《と》るし、記事も書きます。私《わたし》は彼《かれ》の仕事のお手伝いをさせてもらいながら、現場《げんば》での取材の体験学習をしているわけです。

私《わたし》の将来《しょうらい》の目標は、前の手紙にも書いたように、ジャーナリスト。

もっと具体的に言うと、新聞や雑誌《ざっし》の記者。

実はこれ、十代だったころから、ひそかにあこがれていた職業《しょくぎょう》だったの（もちろんそのころは「日本語で記事を書く人」にあこがれていたのよ。もともと英語は好きだったものの、英語で記事を書こうなんて、書けるなんて、思ってもいなかった）。

日本にいたときは「そんな仕事につけるわけがない」って、最初からあきらめてしまっていたのね。「できるかもしれない」って思うようになったのは、アメリカに住むようになってから。

まわりの人たちを見ていて、つくづくそう思った。

「夢《ゆめ》や目標があるのに、努力もしないであきらめてしまうなんて、自分の人生に対して、申し訳《わけ》ないと思わないの？」

いろんな人からそう言われた。

「マミコは、自分にうそをつきながら生きているんだね」

そんなことを言った人もいました。

彼女《かのじょ》（大学で知りあった友だちです）によると、「やりたいことや、なりたいものがあるのに、努力しない人は、うそつきであり、裏切《うらぎ》り者であり、卑怯者《ひきょうもの》」なんだそうです。

私《わたし》は卑怯者《ひきょうもの》にはなりたくないと思った。

自分で自分を、自分の人生を裏切《うらぎ》りたくなかった。

そうしていつしか、「できるかもしれない」は「やらなくてはならない」に変わっていった。

そのことで、あなたにつらい思いをさせたのだとしたら、私《わたし》は母親として、娘《むすめ》を裏切《うらぎ》ったことになるのかもしれません。

話がだんだん横道にそれていってしまいました。もとにもどします。

ウガンダ共和国について。

ジェフリーと私《わたし》はそこで、これから、何をしようとしているのか。

窓《まど》ちゃんの手もとに、地図帳か、地球儀《ぎ》があったら、ぐるっと回して（ページをめくって？）、アフリカ大陸を目の前に出してみて。

赤道が通っているでしょう？

そのすぐ下の右のほう（東側）を見てみて。

大きな湖があるでしょう? それはヴィクトリア湖。アフリカ大陸でいちばん大きな湖。そこから、ナイル川が始まっています。

その湖の上にある小さな国。

そこが、ウガンダ共和国です。

東にはケニア、西にはコンゴ民主共和国、北にはスーダン、南にはタンザニア、南西にはルワンダがあります。五つの国に囲まれた国です。

面積はおよそ二十四万㎢。湖をのぞくと十九万七千㎢。日本の面積の半分よりもやや広いくらいかな。

どれくらい小さな国か、これでわかったでしょう?

小さな国だけれど、とても美しい国です。

「アフリカの真珠《しんじゅ》」と言われています。「緑の国ウガンダ」と呼《よ》ぶ人もいます。雨がよく降《ふ》るから、緑が豊《ゆた》かに茂《しげ》るのね。

窓《まど》ちゃんの大好きな野生動物たちも、たくさんすんでいます。マウンテンゴリラ、チンパンジー、国のシンボルにもなっているウガンダコーブ(鹿《しか》に似《に》ている動物)や、かんむりづる。

国立公園や世界遺産《いさん》もあるし、首都のカンパラは、ヴィクトリア湖を見おろす七つの丘《おか》の上にある、緑豊《ゆた》かな美しい街です。

ところが、こんなにも美しい国に、醜《みにく》い争いが絶《た》えることはなかったし、残念ながら今も絶《た》えることなくつづいている。

紛争《ふんそう》、内戦、虐殺《ぎゃくさつ》、拷問《ごうもん》、襲撃《しゅうげき》、略奪《りゃくだつ》、拉致《らち》。

こうして、言葉を書き並《なら》べているだけで、吐《は》き気がしてきます。

意味なんて、一生、知らないほうがいいような言葉たち。

だけど、これから私《わたし》が向かおうとしている場所には、言葉ではなくて、これらの言葉の意味が形を持って、存在《そんざい》しているの。目に見える形として。そしてそこには、血を流したり、命を奪《うば》われたりしている人たちがいる。

くわしい事情《じじょう》を書こうとすると、いくらページがあっても足りなくなりそうだから、窓《まど》ちゃん、興味《きょうみ》がわいたら、自分で少し調べてみて。

イギリスから独立《どくりつ》したのは、一九六二年。

それ以来、きょうまで、本当に、どうしてこんなにむごいことが次から次へと起こるのか、頭を抱《かか》えてうなだれることしかできなくなります。胸《むね》をかきむしりながら叫《さけ》び出したくなるくらい、ウガンダという国は、そこで暮《く》らす人たちは、悲劇《ひげき》に襲《おそ》われつづけているのです。

ジェフリーがウガンダの取材を始めたきっかけは、長きにわたって多発していた、児童拉致《らち》・誘拐事件《ゆうかいじけん》でした。

ウガンダの政権《せいけん》を倒《たお》すための武装集団《ぶそうしゅうだん》「神の抵抗軍《ていこうぐん》」によって、村の子どもたちの通う学校が襲《おそ》われ、連れ去られた子どもたちは、拘束《こうそく》されました。そして、戦闘《せんとう》訓練を受けさせられ、銃《じゅう》を持たされ、むりやり兵士にされていたのです。

子どもたちを誘拐《ゆうかい》したあと、ゲリラ（＝神の抵抗軍《ていこうぐん》）は、家や学校をふくめて、村全体に火をつけて、焼きはらってしまいます。

だから、子どもたちにはもう、帰る場所がなくなってしまうわけです。

それだけではありません。ゲリラは子どもたちに、自分の家族を殺させたりすることもありました。家族を殺さなければ、おまえを殺すとおどされて。

なぜ、こんなことをするのか。させるのか。

それは、家族を殺したことで、自分はもう普通《ふつう》の人間じゃないんだって、子どもたちに思いこませるためなのね。そう思いこませた上で、子どもたちを兵士にしようとしているわけです。

兵士というよりは、殺人ロボットというべきかしら。ロボットには自分の意思《いし》がありません。命令されたことを、機械的にこなすだけ。殺人だって平気でする。

住む家を焼かれ、親を殺したあと、ジャングルのなかで訓練を受けて、殺人ロボットになった子どもたちは、今度はゲリラといっしょになって、別の村を襲《おそ》う。そして、自分たちがされたことを、別の子どもたちにするわけ。

窓《まど》ちゃんはもう、このつづきを読みたくないでしょう。

私《わたし》だって、書きたくない。

書きたくはないけれど、これが私《わたし》たちの住んでいる世界の、もうひとつの現実《げんじつ》なのです。あなたが学校の教室で友だちと机《つくえ》を並《なら》べて勉強しているとき、あなたが楽しい遠足に出かけているとき、あなたがおいしい食事をしているとき、ウガンダでは、銃《じゅう》を持たされた子どもたちが、人殺しをさせられている。

できれば、きつくふたをしてしまって、あるいは完全に目をおおってしまって、見ないようにしたい現実《げんじつ》です。

何も見ないでいれば、幸せなままでいられます。

見ないでいれば、よかった。知りたくなかった。何度、そう思ったことか。「日本は平和な国。そんなことは遠いよその国の問題」ですませてしまえたなら、なんて幸せなことでしょう。

だけど私《わたし》は、そんな幸せは、欲《ほ》しくないのです。

私《わたし》は銃《じゅう》を手にして、ゲリラと戦うことはできません。

でも、何かができるはずです。

その何かとは、小さな美しい国で起こっている残酷《ざんこく》なできごとを「伝えること」ではないかと思っています。起こっているできごと、ではなくて、人が起こしているできごと、と書くべきでしょう。

これがジャーナリストの仕事であり、使命でもあるのではないかと、私《わたし》は思っています。

あと三十分ほどで、飛行機はウガンダの首都、カンパラに着陸します。

ジェフリーといっしょに、そこから小型トラックに乗って、何時間もかけて、ウガンダの北部にある町へ出かけます。

その町に、恐《おそ》ろしいゲリラたちのもとから、命からがら逃《に》げ出してきた子どもたちを保《ほ》護《ご》している施設《しせつ》があります。

そこで、子どもたちに会って、話を聞くのです。
子どもたちは、どんなことを体験したのか、させられたのか。
私《わたし》の耳が聞いたこと、私《わたし》の目が見たことを、あなたにも伝えたいと思います。
窓《まど》ちゃん、読んでくれますか？

ことば

水曜日の三時間目。

担任《たんにん》の吉田《よしだ》さやか先生から、英語の授業《じゅぎょう》を受けている。

吉田《よしだ》先生は三月に大学を卒業して、今年の四月からこの私立《しりつ》中学校の先生になった。

「とれたてほやほやの新米教師《きょうし》です。みんなは二年生だから、私《わたし》のほうが後輩《こうはい》ですね。いろいろ教えてください。お手やわらかにね。年はみんなと十歳《さい》しか違《ちが》いません。だから、みんなのおねえさんか親せきのおばさんだと思ってね。これから一年間、仲よく遊び、仲よく勉強しましょう」

新学期の初めのあいさつの言葉を聞いていたとき、わたしは、本当にこんな人がおねえさんだったらいいのになぁって思っていた。

気さくで、優《やさ》しそうで、フレンドリーで、小柄《こがら》なのになぜか、大きな人のように見える。

それは、先生がいつも胸《むね》を張《は》っていて、自分に対して自信を持っているからじゃないかと思う。

よく通る声。「瞳美人《ひとみ》」と呼《よ》びたくなるようなつぶらな瞳《ひとみ》。髪《かみ》の毛はショート。

先生の趣味《しゅみ》は、走ること。

ホノルルマラソンにも参加したことがあるという。

大学時代の最後の夏休みには、ホノルルにある英語学校へ通って、英会話の勉強をしたこともあると話していた。

そのせいなのか、アメリカ人の習慣《しゅうかん》を取りいれて、英語の授業《じゅぎょう》中だけ、わたしたちは互《たが》いをファーストネームで呼《よ》びあうことになっている。

わたしにとっては、なつかしい習慣《しゅうかん》。

吉田《よしだ》先生は「サヤカ」。

わたしは「マドカ」。

「じゃあ、次はチハルに、つづきを読んでもらいましょう」

ドキン、とする。

わたしは、坂本千春くんのことを「ちょっとすてきな子だな」って思っている。「ほんのちょっと」ではあるけれど。

坂本千春くんが立ちあがって、教科書の英文を朗読《ろうどく》しはじめた。

坂本くんの声が教室内に流れる。

変声期なのかな。ちょっとかすれている。

Howの使い方を学ぶために書かれた英語の文章だ。

だから、Howがたくさん出てくる。

わたしにとっては簡単《かんたん》すぎて、たいくつで、意味があるようで意味のない英文ばかりが並《なら》んでいる。

How does he go to school? He goes to school by bus.

【彼《かれ》はいったいどのような交通手段《しゅだん》で、学校に通っているのですか。彼《かれ》はバスで通っています】

これって、実際《じっさい》には交わされることのない会話だなと思う。

もしもこの疑問文《ぎもんぶん》を使うとしたら、主語は「あなたは……」になるはずだ。

【あなたはいったいどのような交通手段《しゅだん》で、学校に通っているのですか？　私《わたし》はスクールバスで通っています】

ああ、でも、こういう会話も、ほとんど交わされることはないだろう。

だって、アメリカの小・中学校では、子どもたちはみんな、黄色いスクールバスで通っていたから。

毎朝、スクールバスのバス停まで、父と母がかわりばんこに、送り迎《むか》えに来てくれた。

母に見送られた日は父が迎《むか》えに。

父に見送られた日は母が迎《むか》えに。

それから、銀色のおんぼろワゴン車に乗って、アパートメントへ帰る。

それから、三人で夕ごはんを食べた。

母は大学での勉強が忙《いそが》しかったせいか、夕ごはんはたいてい簡単《かんたん》なものだった。サンドイッチとか、トマトとガーリックだけが入ったパスタとか、デリやスーパーマーケットで買ってきたおかずが並《なら》ぶ日もあった。

それでも父は文句《もんく》ひとつ言わなかったし、父が和風な料理を作る日もあった。

「佑樹《ゆうき》、これ、なかなかいけてるわよ。お肉なしのすき焼きみたいでおいしいわ」

「だろ？　名づけて豆腐《とうふ》焼き。ねぎのかわりにリークで作ったんだ」

三人で過《す》ごしたあの日々《ひび》は、どこへ行ってしまったのだろう。

あの三人は今、どこで、どうしているんだろう。

How are they doing now?

坂本くんの朗読《ろうどく》が終わって、ほかの子が読みはじめた。

わたしは、教室の窓《まど》の向こうに広がっている水色の空に目をやる。

あの空の、はるかかなたにはアメリカのあの州があって、湖があって、そのほとりにあるあの小さな美しい町のかたすみで、わたしたち家族は三人で、今でもひっそり暮《く》らしているのではないか、なんて、思ってしまう。

母の言葉が浮《う》かんでくる。

——私《わたし》が飛んでいるこの空を、もしも今、日本にいるあなたが見あげているとしたら。

母の声が聞こえてくる。

——たとえ地上で戦争があって、大勢《おおぜい》の人が傷《きず》つき、バタバタと倒《たお》れ、命を落としているときでも、雲の上にはこんなにも美しい空が広がっている。

まるで空から降《ふ》ってくる光のように、雨のように、母の声がわたしの心をぬらしているのがわかる。

——あなたが学校の教室で友だちと机《つくえ》を並《なら》べて勉強しているとき、あなたが楽しい遠足に出かけているとき、あなたがおいしい食事をしているとき、ウガンダでは銃《じゅう》を持たされた子どもたちが、人殺しをさせられている。

ゆうべ、眠《ねむ》い目をこすりながら、懸命《けんめい》に調べたウガンダという国の歴史を、母の言葉を借りれば「きつくふたをしてしまって、あるいは完全に目をおおってしまって、見ないようにしたい現実《げんじつ》」が、わたしのすぐそばまで、忍《しの》びよってくる。

ひたひたと、岸辺に寄《よ》せる波のように。

わたしの調べたウガンダ共和国の歴史とは——。

イギリスからの独立《どくりつ》を果たしたあと、大統領《だいとうりょう》が外国を訪《たず》ねていて留守《るす》のあいだに起こされた、イディ・アミン軍司令官によるクーデター。

彼《かれ》は大統領《だいとうりょう》の側近のひとりだったという。大統領《だいとうりょう》は、自分の身近にいる、信頼《しんらい》していた人に裏切《うらぎ》られたのだ。

その後のアミンによる独裁政治《どくさいせいじ》。

これが、一九七一年から七九年までつづく。

この八年のあいだに、殺された国民の数は、約三十万人にも及《およ》んだという。もしも、わたしたち日本人が、日本の首相に殺されたら、大騒《さわ》ぎになるだろうな。いや、大騒《さわ》ぎなんてものじゃないだろうな。

アミンは秘密警察《ひみつけいさつ》を使って、自分にそむいた人、そむきそうな人をつぎつぎに逮捕《たいほ》しては、殺害した。

このようなやり方は「恐怖政治《きょうふせいじ》」と呼《よ》ばれているらしい。たしかに恐怖《きょうふ》だ。混乱《こんらん》していたのは、国内だけではなかった。

アミンの率《ひき》いるウガンダ軍は、ウガンダの南にあるタンザニアに攻《せ》めこんで、戦争を始めた。けれどもこの戦争は、ウガンダの敗北に終わって、アミンはサウジアラビアに亡命《ぼうめい》する。

これで恐怖《きょうふ》が終わったのかというと、そうではなかった。

このあと、一九八六年までの長きにわたって、ウガンダは内戦状態《じょうたい》におちいってしまう。たび重なるクーデター。政治《せいじ》も、経済《けいざい》も、国民の生活も、ずたずたな状態《じょうたい》。病院やお医者さんも少ないから、人々《ひとびと》の平均寿命《へいきんじゅみょう》は五十歳《さい》以下。エイズも蔓延《まんえん》している。

一九八六年にムセベニ大統領《だいとうりょう》が就任《しゅうにん》し、やっとのことで安定を取りもどしたものの、それはつかのまの平和にすぎなかった。

わたしの生まれた年、一九九八年には、隣《となり》のコンゴ民主共和国とのあいだで紛争《ふんそう》が起こっている。

そして、ウガンダ北部で反乱《はんらん》を起こしたゲリラたちが、別のゲリラと合流して、大きな武装《ぶそう》グループになっていく。

これが、母のノートに出てきた「神の抵抗軍《ていこうぐん》」と呼《よ》ばれる反政府勢力《はんせいふせいりょく》だ。

ウガンダの子どもたちは、わたしが生まれる前から、そうして、生まれたあともずっと、混乱《こんらん》してめちゃくちゃになっている国で、生きているってことになる。

——窓《まど》ちゃんはもう、このつづきを読みたくないでしょう。

「ええっと、じゃあ、そのつづきは、マドカ。十五ページの最初から、マドカに読んでもらいましょう」

不意をつかれて、すぐに返事ができなかった。

わたしが黙《だま》ったままでいるのを不思議に思ったのか、吉田《よしだ》先生が教壇《きょうだん》から降《お》りて、わたしの席へ近づいてきた。

そばまで来て「どうしたの？」と聞かれる前に、わたしは立ちあがった。

「はい」

明るく答えて、読みはじめた。

助かった。

十五ページの最初って言われなかったら、どこから読んだらいいか、わからなくなっていた。

発音に気をつけながら、注意深く読んだ。

発音がうまいねって、だれにも思われないように。

でも、わざと下手に読むと、かえって目立つ。

普通《ふつう》に、普通《ふつう》に、目立たないように。

いつも心がけていることを心がけながら、読んだ。

「はい、ありがとう。よくできました。マドカは発音がきれいね」

ほめられて、わたしの心臓《しんぞう》はドッキンとした。ズッキンかもしれない。

小学生だったころ、「日本語がへん」と笑われて、のけものにされていたことがある。

つい英語が口から出てしまうせいで「ガイジンの子」って言われていたこともある。かばんのなかから、国語の教科書や漢字ドリルや宿題の作文が消えていたこともあった。

小六になったとき、「これはいじめかもしれない」って思った。

先生にも友だちにも話さなかった。

ただ父には「私立《しりつ》中学を受験させてほしい」と頼《たの》んだ。公立へは行きたくなかった。わたしをいじめていた子たちは全員、公立へ行くとわかっていたから。

逃《に》げるのではなくて、わたしは自分を守りたかった。

父が受験を許《ゆる》してくれたことには、とても感謝《かんしゃ》している——。


先生、お願いだから、ほめないで。これ以上、このことを話題にしないで。

祈《いの》るような気持ちで、わたしはうつむいた。

うつむいて、机《つくえ》の横にかけてあるかばんに目をやった。

かばんのなかには、母のノートが入っている。

ショッキングピンク色のノートに刺《し》しゅうされている、二羽のはと。

あれは平和の象徴《しょうちょう》なのだろうか。


——窓香《まどか》、忘《わす》れないうちに書いておきます。

——九歳《さい》のお誕生《たんじょう》日、おめでとう。

——四月になったら、小学四年生だね。

今のわたしがいちばん大切にしているもの。

取られたり、隠《かく》されたりしたくないものは、このノートだなと思う。ノートに書かれているる、母の言葉だなと思う。

母の呼《よ》びかけに、わたしは胸《むね》のなかでそっと、返事をする。

マミー、わたしね、今年の春、中学二年生になったんだよ。

夜よ泣かないで

窓香《まどか》へ
ここは、ウガンダ共和国の北部、スーダンとの国境《こっきょう》の近くにある小さな村です。

首都のカンパラから、ガタガタ・ゴトゴト・グワングワン（上下に大きく揺《ゆ》れてる感じ、わかる?）道を小型トラックに揺《ゆ》られに揺《ゆ》られて、ここに着くまでに、なんと八時間近くかかりました。

八時間!

窓《まど》ちゃん、覚えてる?

八時間って言えば、そう、あの長距離《きょり》バス。

ニューヨークシティからふたりで乗ったバス。八時間よりも、長かったかも。

でも、今にして思えば、あのバスはまだ快適《かいてき》だった。比《くら》べものにはならない。だって、道が違《ちが》うから。

あのときのバスは、舗装《ほそう》されたアメリカの高速道路を走っていたでしょ。

ウガンダの小型トラックはね、舗装《ほそう》されていない道を走るの。

着いたときにはね、全身がガチガチになっていました。体中の骨《ほね》がギシギシ痛《いた》かった。

首すじも背中《せなか》も痛《いた》くてたまらず、両肩《りょうかた》には重たい石を背負《せお》っているみたいだった。

ボロボロに疲《つか》れ切って、よれよれになった状態《じょうたい》って言うと、どんなに疲《つか》れていたか、想《そう》像《ぞう》できる？

なのに、我《わ》が先生のジェフリー氏ときたら、涼《すず》しい顔でこう言うの。

「マミコはラッキーだ。今回は、今まででいちばんイージーな旅だったよ」

これがイージーだったのなら、ハードな旅というのは、どんな旅なのでしょう。

ああ、もっともっと体力をつけなくては、と、つくづく反省させられています。

ジャーナリストになるための条件《じょうけん》について、ジェフリーはこう言っています。

「一に体力、二に体力、三が気力で、知力が四」

私《わたし》の場合には、さらに英語力が必要。

あとは、薬も必要。

ここではね、マラリアのほかに、腸《ちょう》チフス、コレラ、黄熱病《おうねつびょう》、赤痢《せきり》にも注意しなくてはならない。ツェツェバエに刺《さ》されると、そこから寄生虫《きせいちゅう》が体のなかに入ってきて眠《ねむ》り病にかかることもあるの。エイズやエボラ出血熱《しゅっけつねつ》にも気をつけないと。

今は十一月。

北部ではちょうど乾《かわ》いた季節が始まったばかりで、陽射《ひざ》しは強いけれど、空気はからっと乾《かわ》いています。同じウガンダでも、南部にある首都のカンパラ周辺では、十一月と十二月は雨の季節になります。

ここ、ウガンダの北部では、前にも書いたように「神の抵抗軍《ていこうぐん》」という名のゲリラが村や学校を襲《おそ》っては、住民を殺し、村を焼きはらい、子どもたちをゲリラの兵士にするために、誘拐《ゆうかい》していきました。

雨季が終わって、草や木が豊《ゆた》かに生《お》い茂《しげ》る四月と、作物がたくさん収穫《しゅうかく》できる十月に、ゲリラは村を襲《おそ》ってくるの。

草木が茂《しげ》っていると身を隠《かく》しやすいでしょ？　作物はもちろん、それらを奪《うば》い取るため。

実は去年の八月、ウガンダ政府《せいふ》とゲリラは、長い交渉《こうしょう》の末に、停戦合意をしたばかりです。停戦合意というのは「もうこれ以上、戦うのはやめよう」って、お互《たが》いに約束しあうこと。

だけど、これまでのいきさつをふり返ってみると、とても手放しで安心してはいられません。

去年の春にも、北部の村が襲撃《しゅうげき》されたばかりです。

三年前の二月には、避難民《ひなんみん》のキャンプが襲《おそ》われて、食料や医薬品が奪《うば》われ、二百人もの人々《ひとびと》が殺されました。

去年の秋には、NGO（国境《こっきょう》を越《こ》えて、世界平和や人権《じんけん》、環境保護《かんきょうほご》などのために活動している人たちの団体《だんたい》です）が襲《おそ》われて、外国人スタッフが犠牲《ぎせい》になっています。

話が前後しますが、ここに着いたのは、三日前です。

この三日のあいだに、私《わたし》が見たもの、聞いたこと、感じたこと、思ったこと、考えたこと、考えたくもないこと、これ以上、考えられないと思ったことなどを、今夜は思いつくままに書いてみたいと思います。

文字を書くことで、日本語の言葉を書くことで、私《わたし》は私《わたし》の気持ちを整理し、気分を落ちつかせたいのかもしれない。

ほんとは、窓《まど》ちゃんに、助けてもらいたいのかもしれない。

窓《まど》ちゃんに、SOSを送りたいのかもしれない。

ちょっと、じゃなくて、そうとう弱気になっています。

窓《まど》ちゃんは今、どこで、何をしているのだろう。あたたかいベッドのなかで、好きな本を読んでいるのかな。ぐっすり眠《ねむ》っているのかな。だとしたら、どんな夢《ゆめ》を見ているのだろう。


ここでは、子どもたちはみんな、悪夢《あくむ》にうなされています。恐《おそ》ろしい戦場が、夢《ゆめ》のなかにも出てくるのでしょう。

自分の親や親戚《しんせき》の人を、自分の手で殺さなくてはならなかった子もいます。

そのせいか、夜中に悲鳴が上がることもたびたびあるそうです。

誘拐《ゆうかい》され、むりやり訓練を受けさせられて、銃《じゅう》を持たされ、戦場に行かされた子ども兵たちを救い出して手あつく保護《ほご》し、もとの子どもにもどれるように、セラピーをしている施設《しせつ》があります。ジェフリーと私《わたし》はこの三日間、そこへ通って、子どもたちの話を聞いたり、施設《しせつ》の活動を紹介《しょうかい》するための記事を書いたりしていました。

ジェフリーは、過去《かこ》にも何度かここへ来たことがあるので、前に会ったことのある子どもが、今はどんなふうになっているかも、写真に記録しています。

施設《しせつ》での治療《ちりょう》プログラムは、こんなふうになっています。

まず、それまで着ていた服を焼く。子どもたちの着ていた服には、汚《よご》れと血液《けつえき》がこびりついています。自分の血と、自分が殺した人の血。服を焼き捨《す》てることによって、それまで殺人ロボットとして戦わされていた自分と「さようなら」をするのです。

服を焼き捨《す》てたら、シャワーを浴びて、新しい服に着がえます。

それから、健康診断《しんだん》を受けます。

子どもたちは、ゲリラたちといっしょに、ジャングルのなかで生活していたので、皮膚《ひふ》の病気にかかったり、毒のある虫に刺《さ》されたり、切り傷《きず》を負ったりしています。なかには、銃《じゅう》で撃《う》たれた傷《きず》が治らないまま悪化している子、銃弾《じゅうだん》がまだ体のなかに残っている子もいるそうです。

健康診断《しんだん》を受けているひとりの子に、話しかけてみました。

その子は私《わたし》の顔を見ると、にっこり笑ってくれたからです。

「きみは、いくつなの？」

答えは指で返ってきました。

よくわからなかったので、もう一度、たずねてみました。

近くにいたスタッフが、教えてくれました。

「この子は今、九つです。誘拐《ゆうかい》されたのは、八つのときでした。幸か不幸か、誘拐《ゆうかい》されて三か月後に脱走《だっそう》し、ジャングルをさまよっていたとき、保護《ほご》されました」

窓《まど》ちゃん、信じられますか？

わずか八つ、小学二・三年生くらいの子どもが、兵士になって人を殺したり、殺されそうになったりしている、というこの現実《げんじつ》。実のところ、世界中には、このような少年兵が二十五万人以上もいると言われているの。


きのうは、施設《しせつ》でセラピーを受けている子どもたちに会ってきました。

子どもたちは、自由に絵を描《か》いたり、セラピストの人と話をしたり、会いに来てくれた家族と話をしたり、みんなで歌を歌ったり、踊《おど》りを踊《おど》ったり、普通《ふつう》の子どもと同じように勉強もしていました。

ウガンダでは、英語が公用語のひとつになっています。

だから私《わたし》も直接《ちょくせつ》、子どもたちから話を聞いたり、話をしたりすることができます。

みんなに「私《わたし》はアメリカからやってきたけど、日本人なの」と、教えてあげました。日本はどこにあって、どんな国なのかについても、一生懸命《いっしょうけんめい》、話しました。みんなそれぞれに、興味《きょうみ》を持ってくれました。富士山《ふじさん》の絵を描《えが》いて見せると、目をまんまるにして驚《おどろ》いてくれたり、喜んでくれたり。

でもね、一見、普通《ふつう》なように見えても、子どもたちの内面には、消すことのできない記《き》憶《おく》が残っているようでした。

セラピストの質問《しつもん》に対して、最初のうちはおだやかな笑顔で答えていても、途中《とちゅう》で急に顔が引きつって、泣き出したりわめいたり、お昼に食べたものを吐《は》いたりする子もいます。

「ジャングルではいつも、おなかがぺこぺこだった。のども渇《かわ》いていた」

「食べさせてもらうためには、ゲリラに命令された通りに銃《じゅう》を持って、村を襲《おそ》うしか、生きていく方法がなかった」

「襲撃《しゅうげき》され、おので殺された村の人たちの死体を、ぼくらだけで、片《かた》づけた」

「ゲリラは食料を奪《うば》い、子どもをロープでしばって連れていく」

「目の前で撃《う》たれて死んだ、いとこの胸《むね》から、心臓《しんぞう》が飛び出していた」

「銃《じゅう》を撃《う》つと、ダダダダって音がして、ぼくのおなかもダダダって叫《さけ》ぶんだ。政府軍《せいふぐん》のヘリコプターが近づいてくると、撃《う》ちながら逃《に》げる。体をねじって撃《う》つから、うまく当たらない。弾《たま》をむだに使ったと言って、あとでなぐられる。なぐられるのはいやだ。痛《いた》いし、血がいっぱい出るし、なぐられるくらいなら、死にたくなる」

「どうやったら、死ねるか、そればっかり考えていた。でも自殺するのもこわい」

そんな話を聞きながら私《わたし》は、遠い日本と、日本で暮《く》らしている窓《まど》ちゃんのことを、思い出していました。

窓《まど》ちゃんが暮《く》らしている日本では、想像《そうぞう》もつかない世界。ありえないような現実《げんじつ》が、ここにはある。窓《まど》ちゃんと同じくらいの年の子どもたちが直面しているこの現実《げんじつ》。それを見ている私《わたし》。見ているのに、何もできない私《わたし》。

自分がどこにいるのか、ここはどこなのか、一瞬《いっしゅん》、わからなくなってしまうこともあります。うまく説明できないけれど、これが現実《げんじつ》なのか、幻《まぼろし》の世界なのか、わからなくなってしまうの。


私《わたし》は今、どこにいるのか、ここはどこなのか？

答えは、ジェフリーがいつも泊《と》まっている宿泊施設《しゅくはくしせつ》です。

細長いバラックの建物。部屋の広さは、三畳《じょう》くらいかな。

ひとり用のベッド。床《ゆか》はむき出しのコンクリート。

バスルームには、もう何年も使われていないとわかる、洗面器のようなものが転がっているだけ。水道の蛇口《じゃぐち》をひねっても、水は出ません。

だけど、文句《もんく》なんて言えません。

朝ごはんには、固いトーストと、ぬるいけど紅茶《こうちゃ》だって出るんだし、こうして横になって、体をのばして眠《ねむ》れるベッドがあるんだもの。

あしたは、村はずれにある「ゲリラ被害者《ひがいしゃ》の会」を訪《たず》ねる予定です。

ここで、大人たちの話を聞きます。

五年間、少年兵としてゲリラといっしょに行動させられていた子が、こんなことを語っていました。

「ぼくが戦闘《せんとう》で撃《う》たれて足にけがをして、歩けなくなっていたとき、ゲリラは村の人を誘《ゆう》拐《かい》して、ぼくを背負《せお》って運ばせた。病院へ着いたとき、ゲリラはその人の手とくちびるを切り落とした。くちびるを切り落として、何も話せないようにしたんだ。手は、銃《じゅう》を持てないように。殺すんじゃなくて、そうやって切り落とされた姿《すがた》を、村の人たちに見せつけるために。それから、病院の人をみな殺しにして、薬を奪《うば》った。その薬で、ぼくはけがの治療《ちりょう》をしてもらった。けがが治っても、ぼくはうれしくなかった。ぼくも死んでしまえばよかった。今も死にたいと思っている。だれかがぼくを殺してくれないかと願っている。ぼくなんか、生きていたって、しかたがない」

窓《まど》ちゃん、今夜の私《わたし》は気持ちがひどく乱《みだ》れたままで、うまく書けませんでした。

泣きながら、ここまで、書きました。

私《わたし》が泣いているのではなくて、まるで、夜が泣いているようです。

私《わたし》の耳には、夜の悲鳴が聞こえるの。夜が流している涙が見える。
夜は世界に絶望《ぜつぼう》している。人間が創《つく》り出したこの世界に。
夜よ、どうか、泣かないで。
子どもたちを静かに眠《ねむ》らせてあげて。

6月の雨

——夜は世界に絶望《ぜつぼう》している。

何度、読みかえしても、この言葉に出会うと、胸《むね》が痛《いた》くなる。

初めて読んだときと同じせつなさが、わたしの胸《むね》をしめつける。

遠いアフリカ大陸の空のもとから、わたしにSOSを送ろうとしていた人がいて、この夜にはまだちゃんと生きて呼吸《こきゅう》していて、泣きながら、わたしへの手紙をノートに書いていた。ウガンダの子どもたちの置かれている状況《じょうきょう》に、心の底から絶望《ぜつぼう》しながら。水道から水の出ないような部屋で。読んでもらえるかどうかもわからないのに。

大好きだったマミー。

その人は、わたしを産んでくれた母だった。

そう思うと、居《い》ても立ってもいられないような気持ちになる。

全体の半分以上のページが、母の文字でうずめられているこのノートを、きょうまでにもう何度、読みかえしたことだろう。

五月の連休中に最後まで読んで、そのあとも、時間を見つけてはこうして、読みかえしている。

気に入った曲に出会ったら、くり返し何度でも聴《き》きたくなる。何度も再生《さいせい》して聴《き》いているうちに、わからなかった歌詞《かし》の意味がわかってきたり、わかっていたと思っていたはずの言葉の意味がわからなくなったり。だからまた聴《き》きたくなる。一部や全部を覚えてしまって、ふと気がついたら、その曲を口ずさんでいることがある。あれと同じ。

どのページに、どんなことが書かれているか。

ウガンダのあと、母はどこへ行って、どんな経験《けいけん》をしたのか。

それらの経験《けいけん》が、母をどこへ、どこまで連れていったのか。

母はどんなことで悩《なや》み、どんな壁《かべ》にぶつかっていたのか。

それでもその壁《かべ》を打ちやぶろう、乗りこえようとして、母がどんな努力を重ねていたのか。母の日常《にちじょう》、母の喜び、母の悲しみ、日本への思い。

わたしはすでに知っている。もちろん全部じゃないと思うけど、その一部は、たしかにこのノートのなかにある。そして今は、わたしの胸《むね》に食いこんでいる。

知らない単語はひとつひとつ、辞書で調べた。

ふんそう、ないせん、しゅうげき、ぎゃくさつ、ごうもん、りゃくだつ、らちの意味も。

マラリア、腸《ちょう》チフス、コレラ、黄熱病《おうねつびょう》、赤痢《せきり》、エイズ、エボラ出血熱《しゅっけつねつ》が、どんな病気なのかも。

それでもまだ、読むたびにドキドキしたり、はらはらしたり、次はどうなるんだろうって、次はどこへ行くんだろうって、読んでいないお話のつづきを早く読みたいような、そんな気分になってしまう。

ふと気がついたら、ひとりごとをつぶやいていることもある。

マミー、だいじょうぶだよ。

マミー、こわかったね、よくがんばったね。

マミー、偉《えら》かったよ。

と、まるで友だちに声をかけるようにして。

ノートには、わたしが美術《びじゅつ》の課題として作ったブックカバーをかけている。できるだけ、このノートを傷《いた》めたくないから。

あつめの画用紙に、折り紙を切りぬいてこしらえた小鳥や、いろいろな形のはぎれやリボンを貼《は》りつけて、最後に、余白《よはく》全体をブルーの水彩《すいさい》絵の具でぬった。

母のノートの表紙は「ピンクの森の二羽のはと」だから、カバーは「ブルーの空を飛ぶ小鳥たち」のイメージにした。

天国にいる母は、このカバーを気に入ってくれるだろうか。

美術《びじゅつ》の先生はこの作品に「優秀《ゆうしゅう》」をくれた。

〈独創《どくそう》的で、動きがあって、すばらしい。これがブックカバーになるというアイディアもすてきです〉

そんなコメントがつけられていた。

うれしかった。「独創《どくそう》的」という言葉が特に。

図画工作は、昔から得意だった。もしかしたらそれは「言葉は苦手」の裏返《うらがえ》しだったのかもしれないけれど。

アメリカに住んでいたころ、母はいつもわたしの描《か》いた絵をほめてくれた。

学校から絵を持ちかえると、マグネットで冷蔵庫《れいぞうこ》のとびらに張《は》りつけてくれた。

「私《わたし》の顔、ほんものにそっくり。すっごい美人！」

「おれの顔は、もっとハンサムだと思うんだが」

冷蔵庫《れいぞうこ》の前に立って、絵を指さしながら、肩《かた》を揺《ゆ》らして笑っている両親のうしろ姿《すがた》が浮《う》かんでくる。

ノートから顔を上げて、わたしは窓《まど》の外を見る。

細かい雨が降《ふ》っている。

六月の初めの雨だ。

夜空から、濃紺《のうこん》の闇《やみ》のキャンバスに銀色の点線を引くようにして、雨つぶの連なりが落ちてくる。このところ、晴天つづきで乾《かわ》いていた大地と、うるおいを求めていた庭木の若《わか》葉《ば》に降《お》りそそぐ、優《やさ》しい恵《めぐ》みの雨だ。

母の言葉を借りれば、この雨は「夜が流している涙《なみだ》」なのだろうか。


そういえば、あの夜も、こんな雨が降《ふ》っていた。

母が亡《な》くなったこと、正確《せいかく》に言うと、すでに亡《な》くなってしまっていたことを、父から聞かされた夜。

母は、去年の五月に亡《な》くなっていた。

一か月後の六月に――それが今からちょうど一年前だ――わたしはそのことを知った。

知らされた、というのが正しい。

「葬式《そうしき》は、おじさんが向こうへ行って、すませたそうだ。アメリカでは、墓《はか》を作らない人もたくさんいるからね」

父の言わんとしていることの意味が、まるでわからなかった。

アメリカでは、墓《はか》を作らない人もたくさんいるから？

だから？

おじさん、というのは、母の弟のことだ。母とはあまり仲がよくなかったみたいで、わたしは一度か二度、会ったことがあったはずだけれど、記憶《きおく》にはまったく残っていない。母たちの両親は早くに亡《な》くなっていて、母とおじさんは、祖父母《そふぼ》に育てられたのだと、母は言っていた。

その祖父母《そふぼ》も、母が父と結婚《けっこん》したあとに亡《な》くなっていた。

母はよく、父や友人たちとの会話のなかで、「私《わたし》はテンガイコドクだから」っていう言葉を口にしていた。

耳にするたびに、幼《おさな》かったわたしは「テンガイコドクって、なんだろう？」って思っていた。なんだか不思議な言葉だなって。

父から母の死を知らされたとき、まっさきに頭に浮《う》かんだのは、なぜかその言葉だった。

「テンガイコドク」だから、だから、マミーのお墓《はか》はないってこと？

アメリカにも、日本にも？　だったら、どこに埋葬《まいそう》されているの？

父にそう聞きかえしたかった。

でも何も言えなかった。

「わかった、おやすみなさい」

短くそれだけを言って、自分の部屋に向かった。

父に対して、どんな感情《かんじょう》も見せなかった。事実、わたしの感情《かんじょう》は、なりをひそめていた。

そのときのわたしにとって、母はすでに「いなくなった人」だったから、突然《とつぜん》「亡《な》くなった」と言われても、実感がわかなかったんだと思う。

「死」という言葉は知っていても、わたしは「死」を知らなかったんだと思う。

死とは、この世からいなくなること。

生きているその人には、もう二度と、会えなくなるということ。

頭ではわかっていても、それが「母の死」と、うまく結びつかなかった。

勉強部屋にもどったあと、机《つくえ》に頰《ほお》づえをついて、雨の音を聞きながら、ぼんやりと窓《まど》の外の闇《やみ》を見つめていた。今みたいに。

どうして、涙《なみだ》が流れないんだろう。

わたしは、マミーが死んだことを悲しんでいないのだろうか。

わたしは、つめたい娘《むすめ》なんだろうか。

そんなことも思っていた。

けれども今、わたしは去年とはちょっと違《ちが》うことを思っている。

あの日を境《さかい》にして、わたしは本当に、母にはもう二度と、会えなくなった。それまでは「会えるかもしれない」という可能性《かのうせい》があったのに、その可能性《かのうせい》が、永遠《えいえん》になくなってしまった。それが、人が死ぬってことなんだ。

あの夜、わたしは泣かなかった。だけど、あのとき降《ふ》っていたのは、ただの雨じゃなかったんだと、たった今、気づいた。

あれは、ただの雨じゃなかった。

あれは、悲しみだった。

わたしの悲しみが、わたしに悲しみを伝えようとして、空からわたしに向かって、降《ふ》っていたのだ。


国語と英語の宿題をすませたあと、甘《あま》いものが食べたくなって、台所へ行った。早寝早《はやね》起きのおばあちゃんと父を起こさないように、猫《ねこ》みたいな忍《しの》び足で。

ミルクたっぷりの紅茶《こうちゃ》をいれて、おばあちゃんの本日の作品、アーモンド入りのセミスイートチョコクッキーをかじりながら、ヘッドフォンで音楽を聴《き》いているまっさい中に、携帯《けいたい》電話がふるえる。

十一時過《す》ぎだ。

この時間の、このふるえ方は「カミちゃんだな」って、わたしはにっこりする。

ヘッドフォンをはずして、ベッドに寝《ね》ころんだまま、携帯《けいたい》電話を握《にぎ》りしめる。

予想していた通り、親友のカミちゃん——漢字で書くと、華美《かみ》ちゃん——からだ。


「ヤッホー、聴《き》いてみた？　どうだった？」

「今、聴《き》いているところだった。なんで、わかった？」

「あたしには、わからないことは、ないのだ」

「カミちゃんは、神様なのだ？」


中二になって、クラスは別々《べつべつ》になってしまったけれど、テニス部ではいっしょに球を打ちあっている。土日には誘《さそ》いあって映画《えいが》に行ったり、試験の前には図書館でいっしょに勉強したり。夜にはしょっちゅう電話で三十分くらい、おしゃべりをしている。

わたしと違《ちが》って、さっぱりした性格《せいかく》の持ち主で、うじうじ悩《なや》んだり、うだうだ考えたりしないカミちゃんがわたしは大好き。


「あのね、歌詞《かし》は大人の恋《こい》ばっかりでしょ。でも声はすごくすてき」

「だろー？　だろだろだろ？」

「うん、だよだよだよ！　特に若《わか》いときの声、天使の声だよね」

「ノーノー、神様の声って言いなさい、キミ」

「すみません、でもたしかに、神様の声」

「動画も見た？　ちょっとだけ似《に》てるだろ？　サカモトに」

「どうかな、まあ、若《わか》いころの顔に、ちょっとは」

「ギャハハ！　っていうか、グハハ！　だよね」


カミちゃんとの「おしゃべりタイム」を終えて、わたしはふたたび音楽の世界にもどっていった。

松山千春の世界。

カミちゃんが見つけだして、紹介《しょうかい》というか、推薦《すいせん》というか、その存在《そんざい》を教えてくれたフォークソング。

わたしがひそかに「いいな」って思っている坂本千春くんと、おんなじ名前の歌手であるっていう、ただそれだけの理由で、カミちゃんは何気なく聴《き》いてみたのだという。

「そしたら、信じられないほど、よかったの。あのね、マドちゃん。だまされたと思って、まあ聴《き》いてみな。すっっっごくいいぜー。しびれちゃうぜー。ハマるぜー。シャカシャカ、チャカチャカした音楽がぜぇんぶ、雑音《ざつおん》なのかと思えてしまうほど、大人っぽくて、バラードっぽくて、すてきなんだ。この人、天才歌手」

と、興奮《こうふん》ぎみな口調でまくしたてられたのは、つい数日前のことだった。

二十代にデビューしてから現在《げんざい》まで、もう何十年も第一線で活躍《かつやく》している、天才フォークシンガーだという。そういえば、フォークソングっていうのは、おばあちゃんの青春時代の音楽ではなかったかしらん。

そんな古い歌にハマれるかなぁって思いながら、半信半疑《はんぎ》で聴《き》いてみたら、みごとなまでにハマってしまった。

これは「くせになる」って思った。

とにかく声が美しい。

透《す》きとおっていて、地上から空の一点を目指してまっすぐにつきすすんでいく光のような強さと、深い深い湖なのに、その底に沈《しず》んでいる小石まで透《す》けて見えるほどの透明感《とうめいかん》のある声。

カミちゃんの言った通り、まさにこれこそが神様の声って言いたくなるような。

失恋《しつれん》の歌が多い。その失恋《しつれん》はたいてい、女の人のほうから語られている。まれに逆《ぎゃく》のパターンの曲もあって、そのなかの一曲「寒い夜」がわたしの大のお気に入り。「寒い夜」の最初のひと声──あしたのことなど　わかるはずもない──が耳に聞こえてくると、それだけで、気持ちがビリビリ感電したみたいになってしまう。


松山千春の歌を聴《き》きながら、わたしはベッドから起きあがって、机《つくえ》の上に置いたままにしてあったノートを手に取る。

母の手書きの文字を、言葉として、ではなくて、絵画を見るようにして、見つめる。古くて、とびきり美しいフォークソングと、母の残してくれた「絵」が恐《おそ》ろしいくらいにマッチしている。

カミちゃんには、母のノートのことは何も話していない。そのうち話そうとは思っているけれど、今はまだ話せない。

カミちゃんがこの歌手を見つけてくれたことに、すごく感謝《かんしゃ》している。

なぜなら、松山千春の歌はわたしに、母と暮《く》らしていた、母がまだ生きてわたしのそばにいてくれた、あの美しい湖畔《こはん》の町を思いださせてくれるから。

思いださせてくれる、というよりも、連れてきてくれる、というのが正しい。

もしかしたら、松山千春さんの生まれた北海道の足寄《あしょろ》という町と、わたしたちが三人で暮《く》らしていたあの町は、似《に》ているのだろうか。

六月の終わりごろ、湖のほとりにあった公園で、もよおされていた「ライラックフェスティバル」の光景が浮《う》かんでくる。

むらさき色、水色、藤色《ふじいろ》、白、ピンク。

そこら中に、小さなあじさいみたいなライラックの花が咲《さ》いていて、むせかえるほどの香《かお》りが漂《ただよ》っていた。

公園には、いろんな出店《でみせ》が並んでいた。

メイプルシロップ、はちみつ、ワイン、石けん、ろうそく、パッチワーク、ドライフラワー、チョコレート、アクセサリー、陶芸《とうげい》、あとは、やさい、くだもの。

手づくりの品を売っているお店が多かった。

そんなお店のなかに一軒《けん》、古いレコードを売っている店があった。CDじゃなくて、レコード。

「わあ見て見て、佑樹《ゆうき》、なつかしいね。穴《あな》のあいた黒いレコード」

「そういえば、ガキのころ、レコードのこと、ドーナツ盤《ばん》なんて呼《よ》んでたな」

母は立ちどまって、熱心に見ていた。

段《だん》ボール箱のなかにぎっしりつまっているレコードを一枚《まい》、一枚《まい》、ページをめくるようにして見ていた。

そのうち、母はお気に入りのレコードを発見したのか、一枚《まい》を抜《ぬ》きとって、うれしそうな笑顔で、ジャケットを父に見せたのだった。

買ったかどうかは、覚えていない。きっと、買わなかったと思う。

うちにはレコードプレイヤーなんてないのに、レコードなんて買ってどうするんだろう？　って、わたしは思っていたし、父は実際《じっさい》に、そんなことを言ったような記憶《きおく》もある。

それで母は、あっさりあきらめたんじゃないかな。

あのとき母の見つけたレコードは、いったいどんなレコードだったのだろう。

母の好きな音楽はどんな音楽で、母の好きな歌手はだれだったのだろう。

ねえマミー、どんなレコードだったの？　だれのレコード？

そこまで思ったとき、わたしは「そうだ」とうなずく。

そうだ、わたしは知ってる。母の答えを。

ノートのページをめくって、母の好きな音楽の出てくる「手紙」を探《さが》しあてる。

そう、母は古いジャズが好きだった。

マンハッタンでひとり暮《ぐ》らしをしていた部屋で、母はいつも、ジャズを聴《き》いていた。昔のジャズだけが流れてくる、ラジオの放送局にダイヤルを合わせて。

わたしはそのページを読みかえす。

ゆっくりと、ジャズを味わうようにして。

松山千春の「恋《こい》」が遠ざかって、雨の音が近くなる。

降《ふ》りやむな、雨。

どうか、やまないで。

今夜はひと晩《ばん》中、わたしとこの部屋を、あの世にいる母とこの世にいるわたしを、包みこんでいてほしい。

世界中の人々の悲しみをいやすようにして。

傷《きず》ついた子どもたちを守るようにして。

私《わたし》の世界

大好きな窓《まど》ちゃんへ

ずいぶん長いあいだ、落ちついて、お手紙を書くことができませんでした。

前の手紙（ウガンダ共和国）から、半年以上が過《す》ぎてしまって、季節は冬から春へ、春から夏へ、街も人も並木《なみき》も、すっかり衣がえをしています。

冬、長かったなぁ。雪、ぶあつかった。でも全部、解《と》けちゃったよ。

ここは、マンハッタンにある、私《わたし》の部屋です。

大学から大学院に編《へん》入学して以来、ニューヨークシティで借りている、アパートメント。五十二丁目と十番街の角にほど近いところにある、こげ茶色のビルディングの四階（窓《まど》ちゃんと私《わたし》がいっしょに乗った、長距離《きょり》バスのステーションは、四十二丁目と八番街）です。

部屋はひとつしかないけれど、天井《てんじょう》がとても高くて、備《そな》えつけの家具がいろいろあって

（冷蔵庫《れいぞうこ》、テーブルと椅子《いす》、クローゼットなど）、使えないけど暖炉《だんろ》もあって（本だな・兼《けん》・物置きとして使ってます）、バスルームには、猫足《ねこあし》のついたバスタブが置かれています。壁《かべ》にはね、前に住んでいた人がかけていたと思われる、ゴーギャンの絵の複製画《ふくせいが》の壁《かべ》かけ。布《ぬの》でできているの。

絵のタイトルはね「われわれはどこから来たのか　われわれは何者か　われわれはどこへ行くのか」――このタイトルを思いうかべるたびに私《わたし》は、自分自身と、この街で暮《く》らす移民《いみん》たちのことを思うの。

私《わたし》たちはどこからやってきて、何者で、どこへ行くのか？

この街には、私《わたし》みたいなアジア人の移民《いみん》がたくさん暮《く》らしています。

中国から、韓国《かんこく》から、東南アジアの国々《くにぐに》から、そして、日本から来た人たちもたくさん。移民《いみん》ではないけれど、アメリカ大陸にずっと前から住んでいた、ネイティブアメリカンの人たちも、ときどき見かけます。

このごろでは、自分が「日本人である」という意識《いしき》がうすれて、私《わたし》は「アジア人なんだな」って思うようになりました。不思議な感覚です。日本に住んでいたときには、そんなこと、一度も思ったことがなかった。アメリカ（地球の反対側）で暮《く》らすようになって初めて、自分の視線《しせん》がアジアに向いてきたような気がします。

窓《まど》の外には、七月の青い空が見えています。

目にしみるような青さ。

青空を舞《ま》う、かもめの姿《すがた》もあります。

青に映《は》える純白《じゅんぱく》の羽。

ハドソン川が近くを流れているので、そこからかもめが飛んでくるの。

かもめと言えば――。

いっしょに暮《く》らしていたころ、湖のそばに広がっていた、あのでっかい公園で、窓《まど》ちゃんといっしょに、飽《あ》きることもなく、かもめをながめていたことを思いだします。

覚えてる?

窓《まど》ちゃんは、一羽一羽のかもめに名前をつけていたんだよ。

「あれはビッグバードのビギー」

「あの子はリトルバードのリリー」

「プリティバードのプリンセス」って。

ストリートを走る車の騒音《そうおん》、救急車のサイレン、ごみの回収車《かいしゅうしゃ》がバックするために鳴らしているピーピーピーっていう音。

そんなものに混《ま》じって、ときおり、すずめみたいな小鳥の声も聞こえてきます。

大都会のなかでもけなげに息づいている「小さな自然」に、私《わたし》はいつも心を慰《なぐさ》められています。

このあたりはね、セントラルパークが近くにあるせいか、大都会のまんなかにいるとは思えないほど、静かで落ちついた街並《まちな》みが広がっているの。

だから、部屋代は少し高めだったけれど、このエリアに部屋を借りました。

今、部屋のなかには、ジャズが流れています。

ジャズをかけると、部屋の空気がふんわりと、やわらかくなるの。

窓《まど》ちゃんは、ジャズなんて、聴《き》かないかもしれないね。

私《わたし》もつい最近までは、特に関心はなかったの。

でも、マンハッタンでひとり暮《ぐ》らしをするようになってから、すっかりその魅力《みりょく》に取りつかれてしまっています。

窓《まど》ちゃんは覚えているかどうか、わからないけれど、ほら、アメリカのラジオ局って、ジャズならジャズ、ロックならロック、カントリーならカントリーを、一日中ずーっと流しつづけている、そういう放送局があるでしょう?

この部屋に引っ越《こ》してきて、ラジオをいじっていたら、ある日たまたま、ジャズ専門《せんもん》の局を見つけたの。それですっかりハマってしまいました。

私《わたし》が好きなのは、女性《じょせい》ヴォーカル。

サラ・ボーンとか、エラ・フィッツジェラルドとか、エタ・ジェイムスとか、ビリー・ホリデイとか。男性《だんせい》では、ヴォーカルに限《かぎ》らず、チェット・ベイカーや、スタン・ゲッツや、そうそう、マイルス・デイビスも大好き。

きりがないから、このへんで止《や》めておくね。

なんて言えばいいのかな、彼女《かのじょ》たちの歌声って、失恋《しつれん》の歌でも、絶望《ぜつぼう》の歌でも、哀愁《あいしゅう》や悲しみをたたえたような歌でも、不思議に明るいって言えばいいのかな。深い悲しみを知っているからこそ、どんなに悲しい歌を歌っても、そこには明るさがにじみ出てくる、って言えばいいのかな。

その明るさが、私《わたし》の心に染《し》みとおってくるようなの。

メロディーが風のように流れてきて、あたたかなのに涼《すず》しい、さわやかなのに湿《しめ》り気のある、空気のようにたちこめています。

今、部屋にたちこめているのは、サラ・ボーンの「マイ・ファニー・ヴァレンタイン」です。ヴァレンタインは、男の人の名前なんだけど、私《わたし》の心のなかでは、ヴァレンタインを「マドちゃん」に置きかえてしまってる。

窓《まど》ちゃん、今はどんな髪型《かみがた》の女の子なのかなって。

私《わたし》のよく知っている窓《まど》ちゃんは、肩《かた》のところで切りそろえたおかっぱ。


ジャズの話が長くなってしまいました。

書きたいことは、ほかにいっぱいあるのにね。

あれから、ウガンダへは二回、行きました。

そんなにドラマチックに、何もかもがよい方向へ進んでいるようには思えなかったものの、ちょっとだけ、うれしいこともあったよ。

最初の訪問《ほうもん》中に会った子どもたちのなかにひとり、兵士にされていたころの記憶《きおく》が生々《なまなま》しく残りすぎていた子がいたの。瞳《ひとみ》をぎらぎらさせて、こわいくらい獰猛《どうもう》な感じだった。銃《じゅう》を持たせたら、すぐにでも乱射《らんしゃ》を始めそうな、暴力《ぼうりょく》的な子（自分から進んでそんなふうになったわけじゃなくて、そうなるように訓練されていたわけだけど）。

その子がね、次に会ったときには、とっても優《やさ》しい子になっていたの。つまり、本来のその子の性格《せいかく》（というよりも人格《じんかく》？）がやっともどってきてた。魂《たましい》がもどってきたのかな。

もともと、とっても優《やさ》しい子だったんだと思う。

うれしかったです。私《わたし》、気がついたらその子を抱《だ》きしめて「よかったね、よかったね」って日本語で言いながら、うれし涙《なみだ》を流していました。

うれしいことと言えば——。

ウガンダの子どもたちについて書いた私《わたし》の記事（英文だよ！）が、初めて雑誌《ざっし》に掲載《けいさい》されました。もちろんジェフリーの写真付きで（ううん、写真がメインで、記事はおまけ）。きっと、ジェフリーの写真がすばらしかったから、掲載《けいさい》してくれたんだと思う。

ちゃんと原稿料《げんこうりょう》もいただきました。

かけだしの雑誌《ざっし》記者、にもなれていなくて、まだ学生の身分の素人《しろうと》記者として、初めて手にした小切手です（振《ふ》り込《こ》みではなくて、小切手。だからなおのこと、この手で「お金をかせげた」っていう実感があった）。これでやっと、スタートラインに立てたのかな？いや、まだまだです！　まだまだ全然、ちっともだめ。

正直に告白するとね、ウガンダ取材を経験《けいけん》してみて、つくづくわかったのは、ジャーナリストになるってことが、どんなに大変なことなのかってこと。

とにかく、ジェフリーの邪魔《じゃま》（お荷物とも言う）にならないように行動するだけでせいいっぱい。私《わたし》が自分の意思《いし》で動いたり、自分の視点《してん》から問題を追及《ついきゅう》したり、新たな問題を見つけたり、ようするに、ひとりの自立したジャーナリストとして現場《げんば》に立っていることすら、できていないようなありさまです。

不安はほかにもいろいろあって、まず滞在《たいざい》ビザの問題。

今は学生ビザがあって、修士課程《しゅうしかてい》を終えたあと一年間だけは、プラクティカルトレーニング制度によって働くことができるんだけど、そのあとのことは、まだ白紙。アメリカに住みつづけるためには、どこかの会社に就職《しゅうしょく》して、その会社を通して、就労《しゅうろう》ビザを取らなくてはならないの。

ジェフリーは冗談半分《じょうだんはんぶん》、本気半分で「ぼくと結婚《けっこん》すればグリーンカード（永住権《えいじゅうけん》）が取れるよ」と、言ってくれています。でも、そんなこと、絶対《ぜったい》にできないし、絶対《ぜったい》にしたくない。ジェフリーには長年、いっしょに暮《く》らしている男性《だんせい》のパートナーがいて、「形式上の婚姻届《こんいんとどけ》には意味がない」という考え方の持ち主なのね。

でも、だからこそ、私《わたし》にはできない。これ以上、彼《かれ》に甘《あま》えるようなことは、絶対《ぜったい》にしたくないし、してはいけないと思っています。だから、いざとなったら、どんな仕事でもいいので見つけて、なんとかして自分の力で、就労《しゅうろう》ビザを取ろうと思っています。

ウガンダのあと、コソボへ行きました。

コソボって、わかる？

東ヨーロッパにある、新しい国。ちょっと前までは「コソボ自治州」だった。ユーゴスラビア連邦《れんぽう》セルビア共和国の一部だったの。

セルビアからの独立《どくりつ》を求めて、ここでも激《はげ》しい戦闘《せんとう》がくり広げられていました。日本は平和かもしれないけど、世界は全然、平和じゃないのね。

コソボでは、隣国《りんごく》であるセルビアとの戦争中に埋《う》められた無数の地雷《じらい》によって、戦争は終わっているのに、大けがをしたり、手足をなくしたりした子どもたちに会って話を聞く、という仕事をしていました。前にも書いたかな？「戦争と子ども」というのが、ジェフリーの長年、追いかけているテーマだからです。

言うまでもないことですが、もちろん私《わたし》も、このテーマに吸《す》いよせられているし、引きつけられてもいます。

だけど、先にも告白したように、取材を重ねていくなかで「本当にこれが私《わたし》のテーマなのかな？」と、疑問《ぎもん》を感じることもあります。疑問《ぎもん》、というよりも、不安かな。

私《わたし》のやりたいことは、これなの？

本当に、これだったの？

この疑問《ぎもん》の裏側《うらがわ》には、常《つね》に「日本」が貼《は》りついています。

私《わたし》にピタッと貼《は》りついて、離《はな》れない影《かげ》のように。

これでよかったの？

あのとき日本へもどって、ぬくぬくと暮《く》らしていれば、こんなむごいこと、こんな残酷《ざんこく》な世界を知らずにいられたのに。

もしかしたら私《わたし》は、とんでもない、まちがった道を選んでしまったのではないか。

気持ちが弱っているときには、そんなふうに思うこともあります。

そして、窓《まど》ちゃんというひとり娘《むすめ》の成長を、この目で見ることができない、知ることもできない、この途方《とほう》もなく大きな悲しみ、ぽっかりと胸《むね》にあいた空洞《くうどう》。

感傷《かんしょう》的な愚痴《ぐち》は、このあたりでやめましょう。

コソボにもどります。

書くだけでも恐《おそ》ろしい地雷《じらい》の話。

対人地雷《じらい》って言ってね、人に大けがをさせることを目的として作られ、しかけられる地《じ》雷《らい》によって、下半身に破片《はへん》がつきささってひどいけがをしたり、足が吹《ふ》き飛んだりしてしまうの。

でも、人を殺すほどの力はない。戦場で戦っている兵士が対人地雷《じらい》を踏《ふ》むと、体はめちゃくちゃになるけど死には至《いた》らない。すると、仲間の兵士たちは、けがをしているその人を助けなくちゃならないから、部隊全体の戦闘能力《せんとうのうりょく》が低下してしまう。それがこの地雷《じらい》の狙《ねら》いなの。

対人地雷《じらい》を、体の小さな子どもたちが踏《ふ》んでしまうと、どうなるか？

地雷《じらい》は、悪魔《あくま》の武器《ぶき》です。

地雷《じらい》禁止国際キャンペーンの報告《ほうこく》によれば、毎年、一万五千人から二万人もの人たちが、地雷《じらい》や不発弾《ふはつだん》（投下時には爆発《ばくはつ》しなかったけれど、あとで爆発《ばくはつ》する恐《おそ》れのある爆弾《ばくだん》）の犠《ぎ》牲《せい》になっているそうです。ある書物によれば、世界中にまだ埋《う》まったままの地雷《じらい》の数は、一億個《こ》以上。

今、この手紙を書きながら、私《わたし》が思っていることは――。

せめて、こういう現実《げんじつ》があるってことを、世界中の人たちに知ってほしい。

大人が始めた戦争の犠牲者《ぎせいしゃ》は、子どもたちなんだってことを。

戦争は、戦争をしていない、平和そうに見える国（日本もそう）の人たちにも、大いに関係しているんだってことを。

しかし、情《なさ》けないことに、コソボからアメリカにもどったあと、私《わたし》は原因《げんいん》不明の高熱を出して、倒《たお》れてしまったの。

高熱が下がって、さあ、がんばるぞ！　って思った矢先、今度は、帯状疱疹《たいじょうほうしん》という病気にかかってしまいました。

いろんなところに赤いブツブツができて、私《わたし》の場合には太もものあたりにできてね、そのブツブツ自体はどうってことないんだけど（つまり、痛《いた》くもかゆくもない）、真夜中になると、その周辺が内側から、ズキーン、ズキーンって、それはもう、アイスピックでつきさされているような激《はげ》しい痛《いた》みがやってくるの。

だからまったく眠《ねむ》れない。ほんとにすごく痛《いた》いの。治るまで毎晩《まいばん》、夜が来るのがこわかったです。

そんなこんなで、四月から五月にかけて、高熱と帯状疱疹《たいじょうほうしん》で一か月くらい寝込《ねこ》んでたかな。先月も、大学へ行く以外にはどこへも行かないで、静養に専念《せんねん》していたの。

でも今は、散歩や軽いジョギングくらいならできるようになりました。

だからまた、ウガンダやコソボへも行きたいと思っています（行けるかな？）。


あっ、今、突然《とつぜん》、雨が降《ふ》り出したよ！

スコールです。通り雨とも言う？

こういう雨、大好き。

窓《まど》ちゃんも、好きだったよね。

空は晴れあがっているし、太陽も出ているのに、シャワーみたいに気持ちのいい雨がシャーッと降《ふ》ってくる。神様が雲の上から、じょうろで水やりしているみたい。

窓《まど》ちゃんは赤い長ぐつをはいて、黄色い雨がっぱを着て、外へ飛び出す。

私《わたし》は、あじさいの花もようのついた傘《かさ》をつかんで、外へ飛び出す。

それから庭のまんなかで、ふたりで雨にぬれながら、くるくるくるくる回るんだよね。

草も喜んでる。花も、虫も、かえるも喜んでる。私《わたし》はいつのまにか、傘《かさ》なんて放り投げて、雨に打たれてる。体がぬれても、すぐに乾《かわ》いてしまう。陽射《ひざ》しが強いから。

通り雨って、まるで、うれし泣きみたいな雨。

怒《おこ》ってる雨、めそめそ泣いてる雨。くやし泣きしている雨。いろいろあるけど、スコールは、うれし泣き。笑い泣きともいうのかな?

窓《まど》の外は、雨。それを窓《まど》の内側から見ると、空の涙《なみだ》。

これが、私《わたし》の世界です。

私《わたし》はどこからやってきて、これからどこまで行くのだろう。

そして、私《わたし》は何者?

私《わたし》はやっぱり母親なんだなって思う。

だって、私《わたし》の見ている世界には、私《わたし》の存在《そんざい》している世界には、いつだって、窓《まど》ちゃんがいるんだもの。

会いたいなぁ。

きょうは大学はお休みです。これから、美容室《びようしつ》へカットに出かけて、スーパーマーケットで買い物をして、本屋さんへも行って、もどってきたら洗濯《せんたく》をして、午後は、ワシントンスクエア公園の近くにあるジェフリーのオフィスに立ち寄《よ》って、打ち合わせ。

その前にひとつ、仕上げなくてはならないレポートがあります。

聴《き》こえてる曲のタイトルはね、「オーヴァー・ザ・レインボウ」。

また書きます。マイ・ファニー・マドちゃん！

初恋《はつこい》

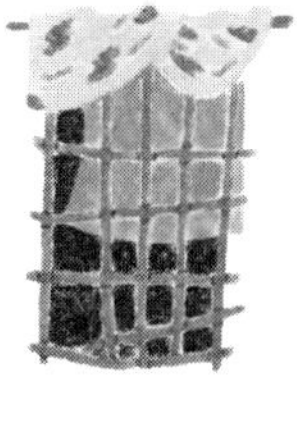

金曜日の六時間目は、ホームルームの時間だ。

「さて、本日のメイントピックは、なんでしょう。もうわかってますね？」

吉田《よしだ》先生はそう言うと、くるりと黒板のほうを向いて、のびのびとした文字で書いた。

【夏休みの自由研究について】

小さなざわめきが起こった。

ざわめきじゃなくて、さざ波かな。

夏休みが来るのはうれしいけど、自由研究なんて、めんどうくさいな。なんて思った子たち——わたしもそのひとり——のもらしたため息が、教室のなかの空気に、波を立てたのだろう。「テーマを考えておくように」と、先週のこの時間に言われていたから、あきらめのさざ波かもしれない。

窓《まど》の外では、せみが鳴いている。

優《やさ》しい雨の音のように聞こえる。草原の草が風に揺《ゆ》れる音かな。

あれは、樫《かし》の木の幹《みき》にくっついている姫春蝉《ひめはるぜみ》だ。まだ土のなかから出てきたばかりなのか、鳴き声が弱々《よわよわ》しい。夏の序曲《じょきょく》を奏《かな》でているような声。

追いかけるようにして、ニイニイぜみ、くまぜみ、ミンミンぜみ、あぶらぜみがやかましく鳴くようになったら、夏本番。

ひぐらし、つくつくほうしが鳴きはじめたら、夏はそろそろ終わりに近くなる。

小学六年生のときのわたしの自由研究のテーマは「せみの一生」だった。

中一のとき選んだテーマは「樹木《じゅもく》の一生」だった。

今年は何にしよう？　まだなんにも考えていない。

「今年は、グループで研究をします。グループごとにテーマを決めて、共同研究ね。夏休み中には、図書室とミーティングルームを自由に使えるようにしておきます。きょうはまずグループを決めて、それからグループに分かれて、研究テーマを決めます」

グループか。

ますますめんどうくさいな。だって、適当《てきとう》にサボれなくなる。

さざ波のなかに、ささやき声が混《ま》じっている。

何を言っているのか、まではわからない。

「そして、九月と十月には毎週、このホームルームで、それぞれのグループの研究発表をしてもらいます。その後、クラスの代表グループを決めます。代表に選ばれたグループは、十一月の学校祭で発表することになります。その発表の方法ですが……」

そのつづきは、黒板に書かれた。さらさらと。


【研究発表＝日本語と英語の両方によるレポート（作文）を朗読《ろうどく》→全校生徒による投票→優勝《ゆうしょう》グループは学校代表として「中学生の主張《しゅちょう》　県大会」に出場】


先生が板書をしているあいだに、さざ波ははっきりと、ざわめきに変わった。「うそーっ」「やだー」というような女子の声も混《ま》じっている。「まじかよ」という男子の声も。うしろに座《すわ》っている子が「なんで英語なの？」――わたしもそう思った。

中学生の主張？

これって、自由研究っていうよりも、強制的《きょうせい》弁論《べんろん》大会じゃない？　そうか、吉田《よしだ》先生は英語の先生だから、日本語と英語でおこなわれる県の弁論《べんろん》大会に、教え子を出場させたいと願っているのか。

雑音《ざつおん》を封《ふう》じこめるような、先生の明るい声が教室内に響《ひび》きわたった。

「さ！　まずはグループを決めましょう。そうと決まったら、我《わ》がクラスからぜひとも学校代表を出さなくっちゃね」

先生があらかじめ用意してあったトレイが、前から順にまわってきた。

トレイのなかには、三角に折られた紙が入っている。一枚《まい》を抜《ぬ》きとって、うしろの子にまわす。紙を開くと、わたしの引いた数字は「4」だった。

ひとつのグループの人数は、五名だという。

ということは、わたしたちは八つのグループに分かれることになる。

とっさに、頭に浮《う》かんだ疑問文《ぎもんぶん》。確率《かくりつ》はどれくらいか？

なんの確率《かくりつ》かと言うと、それは、坂本くんと同じグループになる確率《かくりつ》。

とはいえ、本当に同じグループに入りたいのかどうか、自分でもよくわからない。

ゆうべ、カミちゃんと、携帯《けいたい》電話で交わした深夜の会話を思いだす。


「きっかけがないんだよね、きっかけが」

「きっかけか。なかったらいっそ、告白する、とか？」

「ふぎゃあ、やめてよ。そんなハズカシイこと、できない」

「だって思ってるだけじゃ、つまんないじゃん」

「告白してフラれたら、サイアクじゃん」

「初恋《はつこい》っていうのはだいたい、フラれるもんだろ？」


おんなじグループになれたら、少なくとも、話をする「きっかけ」はできる。

できるけど、そのあとのことは、どうすればいいのか、まったくわからない。白紙の答案用紙みたい。

「はぁい、じゃあ次。ナンバー・フォーね。『4』の人」

わたしは手を挙げた。

立ちあがって、教室の窓《まど》ぎわの指定された場所まで歩いていく。

いた！

いる！

心臓《しんぞう》が、痛《いた》いくらいきゅーんと縮《ちぢ》みあがった。

五人のなかに、坂本くんがいる。

どうしよう。心のなかでカミちゃんに助けを求める。カミちゃん、どうしよう。きっかけ、できちゃったよ！

「あっ、窓香《まどか》といっしょだ。ラッキー」

カミちゃんほど親しくはないけれど、同じテニス部の玲奈《れいな》から声をかけられた。

わたしもVサインをして「ラッキー」と笑顔を返した。内心のドキドキを隠《かく》すのに必死になりながら。

坂本くんは窓《まど》の枠《わく》に片手《かたて》をついて、もう片方《かたほう》の手は頰《ほお》に当て、なんとなくうつむきかげんになって、長い手足を持てあますようにしている。

こんなに近くで、坂本くんを見るのは、初めてかもしれない。

「まつ毛が長いな」って思った。それから、手の指が長いなって。それから、あんまり見ちゃだめって。

つづけざまに、ふたりの男子が近づいてくると、坂本くんはほっとしたような表情《ひょうじょう》になって「オッス」って、男同士で声をかけあった。

八つのグループに分かれて、自由研究のテーマを決めるための話しあいをした。

読書家の玲奈《れいな》は「一冊《さつ》の本ができるまで」を提案《ていあん》した。

「作家、画家、編集者《へんしゅうしゃ》、印刷所の人、ブックデザイナー、製本所《せいほん》？　あと、本屋さんや図書館かな、とにかく本に関係している人たちにインタビューをして、本ができあがって読者の手に届くまでの過程《かてい》をまとめるの」

男子三人のうちひとりは「戦国武将《ぶしょう》の生きざま」を提案《ていあん》した。

きっと歴史が得意なんだろう。

もうひとりは「パンダの生態《せいたい》」だって。かわいいなーって思った。玲奈《れいな》は「賛成《さんせい》！」って言って、ひとりで盛《も》りあがってた。みんなで上野公園のパンダを見に行こうよって。

坂本くんは、意外な提案《ていあん》をした。

「世界の菓子《かし》」

一瞬《いっしゅん》、歌詞《かし》かと思ったけれど、

「あの、菓子《かし》って、甘《あま》いお菓子《かし》のこと？」

わたしは思わずそう聞きかえしてしまった。まあ、お菓子《かし》のことなら、おばあちゃんに聞けば、なんでもわかるかも、なんて思いながら。

「うん、ケーキとか、タルトとか、クッキーとか、そういう菓子《かし》」

坂本くんはわたしのほうをまっすぐに見て、言った。

わたしの耳の付け根が熱くなっている。カミちゃん、どうしよう。わたしたち、見つめあってる。

ほとんど同時に、男子のひとりがちゃかした。

「おっかしいよ、坂本。おまえ、何考えてるの？」

もうひとりの男子もへらへら笑っている。

おかげで、わたしの緊張《きんちょう》と興奮《こうふん》は、だれにも気づかれなかった。

坂本くんは、くちびるをとんがらせた。

「え、まじめに考えてるよ。だってさ、菓子《かし》って、フランスとかドイツとか、だけじゃなくて、たとえばアフリカにもアラブにも南米にも中近東にもあるわけだろ？　もしかしたら、北極とか南極とかにもあるかもしれないだろ。世界の菓子《かし》がどうなっているか、おまえ、知ってるか？　カステラなんかはさ、ポルトガルから日本へやってきたんだよ。そういう菓子《かし》の歴史というか、要は、グローバルな視点《してん》で菓子《かし》の研究をするんだよ」

「それって、けっこうユニーク、なんじゃない？」

と、玲奈《れいな》がフォローした。

わたしもフォローしなくちゃ、と、思ったとき、坂本くんがふたたびわたしのほうを向いた。

「森田さんの提案《ていあん》は？」

長いまつ毛の下の瞳《ひとみ》の色は、「アーモンドクッキー色」と呼《よ》びたくなるような茶色。見つめられて、わたしの頭のなかは、まっ白になっている。

ふたたび、まっ白な答案用紙の登場。

さっきまで提案《ていあん》しようと思っていたテーマが、ばらばらに解体《かいたい》して、ちぎれ雲になって、空を漂《ただよ》っている。

雲を引きよせ、むりやりひとつにまとめるようにして、わたしはつぶやいた。

「戦争と子ども」

四人とも急に、黙《だま》ってしまった。


今夜も、勉強机《べんきょうづくえ》のいちばん上の広い引き出しのなかから、母のノートを取りだして、わたしはページをめくる。

もう、どこにどんなことが書かれているのか、すっかり頭のなかに入っているから、母の書いた文章を読むというよりは「見る」という感じになっている。

母はウガンダのあと、コソボへ行き、もどってきてからは、大学院のレポートや論文《ろんぶん》に追われつつ、ビザを取るための求職《きゅうしょく》活動をおこなうかわたら、ジェフリーさんのアシスタントとして、アフガニスタンとパキスタンの国境《こっきょう》にできているという難民《なんみん》キャンプの取材に出かけた。

その途中《とちゅう》で体をこわしてしまい、ジェフリーさんを現場に残してひとり、アメリカにもどった、と書いてある。

情《なさ》けなかったです、とても。こんなことじゃあ、ジャーナリストとして大失格《しっかく》。もっと体力をつけなくては、と反省しています。でも、本当は体力じゃなくて、精神《せいしん》力《りょく》が弱いってことなのかもしれない。

難民《なんみん》キャンプで、私《わたし》がこわしてしまったのは、精神《せいしん》だったのかもしれない。ウガンダでも、コソボでもそうだったけれど、なんて言えばいいのかな、自分が受け止めることのできる範囲《はんい》をはるかに超《こ》えたものを、受け止めなくてはならない、そういう状況《じょうきょう》に置かれたときにも、精神《せいしん》をこわさないでいる力。それが今の私《わたし》に必要な精神力《せいしんりょく》なのではないかと思っています。

それでも、アメリカにもどったあと、子どもたちが難民《なんみん》キャンプでどんな生活をしているのかについて、母は短い記事を書いた。ジェフリーさんの撮影《さつえい》した写真――とても大きい――に添《そ》えるような形で。

雑誌《ざっし》に載《の》った記事は切りぬかれて、ノートに貼《は》りつけられている。

テントの前に立っている幼《おさな》い子どもの写真。

汚《よご》れた顔がアップで撮影《さつえい》されていて、瞳《ひとみ》に宿っている光までが写っている。その光のつぶが、わたしの胸《むね》をつきさす。おそらく、わたしだけじゃなくて、この写真を見た人はだれもが、胸《むね》を痛《いた》めるだろう。

なんとかできないか。何かできないか。どうしてこんなことが起こっているのか。そんな思いにかられて、でも結局、自分には何もできないと思ってしまう。無力感にさいなまれる。さいなまれながらも、何もできないまま、きょうも食べ物をいっぱい食べて、あまった食べ物を捨《す》てたりしている。なんとかできないか。何かできないか——。

母の書いた記事を読みながら、わたしもそんな堂々《どうどう》めぐりにおちいる。

A mass of tents, haphazardly erected, hugs the desert sands, stretching to the horizon. The mind reels: Do people live here? Incendiary winds stir the dust into clouds. The despondency and despair seem endless. Electricity, water, toilets are nowhere to be found. The first victims are the elderly and the young; in Afghanistan, one out of four children expires before age five. Hunger and malnourishment abound. Tiny hands scrape the botom of empty dinner bowls, desperately seeking the smallest morsel of food.

母の書いた英文を、頭のなかで日本語に置きかえてみる。

砂漠《さばく》の上に張《は》りつくようにして、はるかかなたまでつづく、無秩序《むちつじょ》なテントの群《む》れ。こんなところに人が住めるのか。砂《すな》ぼこりと、やけどしそうなほどの熱風。終わりのない、失望と絶望《ぜつぼう》の生活。電気も水もトイレもない。最初に命を落とすのは、老人と子どもたち。アフガニスタンでは、難民《なんみん》の子ども四人のうちひとりは、五歳《さい》以上は生きられないのが現《げん》実《じつ》。みんな、空腹《くうふく》。食べ物が足りない。子どもたちは、空になっている鍋《なべ》の底まで、なめるようにして食べている。

ページから顔を上げて、母に呼《よ》びかけてみる。

母と話をするときには、自然に八歳《さい》の女の子——母と別れたときのわたしの年——になっている。

ねえ、マミー。

聞いてほしいことがあるの。

アフガニスタンのせまくるしいテントのなかで、難民《なんみん》の子たちがおなかをすかせて苦しんでいるというのに、わたしは快適《かいてき》な自分の部屋にいて、おいしいものをいっぱい食べて、どうでもいいようなことばかり、考えてる。どうでもいいようなことだとわかってるのに、でも今のわたしにはこのことしか、考えられない。

わたし、もしかしたら、恋《こい》をしているのかも？

ねえ、マミーの初恋《はつこい》って、どんな感じだったの？

話しかけながら、わたしはきょう、ホームルームで聞いた坂本くんの言葉を、ひとつひとつ、大切にすくいあげるようにして、母に教えてあげる。


坂本くんは、わたしが「戦争と子ども」と言ったあと、つかのま、黙《だま》っていたけれど、四人のなかで最初に口を開いて、こう言ったのだった。

力強い言い方だった。

「いいね、それ。クールだよ」

「クールって、おまえ、本気？」

「本気だよ。戦争と子どもってさ、結局、世界の菓子《かし》ってことだろ。それで行こうよ。決まりだ！」

残りの三人は、目を白黒させていた。

わけわかんないって顔をしていた。

わたしにもわからなかった。

「戦争と子どもが、なんで、世界のお菓子《かし》なの？」

問いかけた玲奈《れいな》に対して、坂本くんは、自信たっぷりな笑顔を向けた。

「世界の子どもたちが、どんな菓子《かし》を食べているかってことはさ、たとえば戦争中や紛争《ふんそう》中の国で、子どもたちがどういう生活をしているのかってことでもあるだろ？　たとえば難民《なんみん》キャンプで、難民《なんみん》の子どもたちはどんな菓子《かし》を食っているのか。そういうことでもあるわけだろ」

「坂本、おまえ、こじつけてるな」

「ばかだね、すりかえっていうんだ、そういうのは」

「えへへ、ばれた？」

坂本くんはぼりぼり頭をかいたあと、まるで宣言《せんげん》するように言い放った。

「どうせ研究するんだったら、思いっきり、ハードなテーマがいいよ。ハードでホット」

「ハードボイルドってことか」

「おまえ、さっき、クールって言わなかった？」

きりっとした表情《ひょうじょう》になって、坂本くんは言った。

「クールだけど、ホットなんだよ。本と戦国武将《ぶしょう》とパンダの研究なら、小学生でもできるじゃない？　ぼくは、森田さんの案に一票を投じるよ。戦争と子ども、ってことはつまり、戦争とぼくたち、ってことじゃない？」

「同感！　かっこいい！」

玲奈《れいな》が拍手《はくしゅ》をした。そしてこう言った。

「たしかに、簡単《かんたん》なテーマよりも、難《むずか》しいテーマのほうがいいよ。やりがいがあるもん、ね、窓香《まどか》、そうだよね？」

反射《はんしゃ》的に、わたしはうなずいた。

坂本くんが拍手《はくしゅ》をしはじめると、つられて、男子ふたりも手をたたいた。

「しょうがねえなぁ」「戦争か」「戦争と子どもか」などとぼやきながらも。

ぼくは、森田さんの案に一票を投じるよ。

そう言って、わたしに顔を向けたときの、坂本くんの力強い表情《ひょうじょう》を思いだしながら、カミちゃんにも話せなかったことを、母に向かって、わたしは話す。


これまでは、単なるあこがれだったの。

ただ「いいな」って、思ってただけ。

でもきょうからは、本気で好きになった。そんな気がする。

坂本くんの言葉を、表情《ひょうじょう》を、ひとつ残らず、胸《むね》に刻《きざ》んでおきたいって気持ちになってる。どんなささいな言葉でも、わたしに向けられた言葉でなくても、忘《わす》れたくないって思ってる。

ねえ、マミー、これって、恋《こい》なのかな？

母からの答えは、返ってこない。

返ってこないけれど、答えはここにある。

答えのしっぽみたいなものが、このノートのなかに。

わたしは、母のノートのなかで、いちばん気に入っているページを開く。

涙《なみだ》にぬれているような手紙、血のにおいのするような手紙、めくってもめくっても、救いの見えてこない、何通もの手紙。内戦と紛争《ふんそう》、難民《なんみん》キャンプと砂嵐《すなあらし》と空腹《くうふく》、絶望《ぜつぼう》と絶望《ぜつぼう》のあいだに、ふっと現《あらわ》れたオアシスのようなページ。

そこに書かれている長い手紙と、そのうしろにくっついている短い物語を読みはじめる。

大空と大地の中で

窓《まど》ちゃんへ

二週間ほど前に、アメリカ国内旅行からもどってきました。

すごく楽しかった！

取材じゃなくて、バケーションだったから。

純粋《じゅんすい》に、旅を楽しみました。もちろんひとり旅です。

ひとりで、アメリカ西南部の乾《かわ》いた土地を旅してきたの。

ニューメキシコ州、アリゾナ州、ユタ州にまたがる広大な沙漠《さばく》地帯。

沙漠《さばく》には、乾燥《かんそう》に耐《た》えることのできる草や木が生えているの。

私《わたし》には、学生時代からずっと、あこがれていた旅のスタイルというのがあって、それは

どういう旅なのかというと――。

地平線のかなたまでつづく、フィクションみたいにまっすぐなハイウェイを、路面から運転席が浮《う》かびあがって、今にも離陸《りりく》できてしまいそうなスピードでひた走る。

目的も目的地も特に決めず、観光地をめぐるわけでもなく、毎日、走れるだけ走って、疲《つか》れたら、電車を途中下車《とちゅうげしゃ》するかのようにして高速道路の出口から降《お》りて、名もない町の名もないモーテルに泊《と》まり、近くのダイナーで地ビールと魚サンドとフレンチフライの食事をして、バーがあればカウンターで一杯《いっぱい》だけ強いお酒を飲んで、あとはベッドに転がりこんで夢《ゆめ》も見ないで眠《ねむ》る。

こんな旅。

やっと実現させることができました。

なんのためでもない。取材のためでもない。ただ旅をするためだけに、旅をしてみたかったってことなのかな。

ここで、正直に打ち明けてしまうと、戦争、紛争《ふんそう》、難民《なんみん》キャンプ、戦争と子ども、それらを引っくるめて、私《わたし》は「取材すること」に疲《つか》れ果《は》てていたんだと思います。残酷《ざんこく》な現実《げんじつ》を見せつけられることに。見たいものではなくて、見たくないものを、見せつけられることに。

親しい友人に旅の計画について話したとき、彼《かれ》はこんなことを教えてくれました。

「コロラド高原。あのあたりはね、宇宙《うちゅう》的な名勝地なんだよ。世界的じゃなくて、宇宙《うちゅう》的ね。人工衛星《えいせい》から地球を見たとき明らかに、あそこにはものすごい大自然があるんだって、わかるんだそうだ」

「グランドキャニオンがあるから?」

「それもあるけど、それだけじゃない」

「じゃあ、ほかに、何があるの?」

「言葉では説明できない。何もないのに、すべてがある。あれは、体で感じるものであって、頭で理解《りかい》するものじゃない」

「そこまで行ってみなければ、わからないってこと?」

「そういうこと」

宇宙《うちゅう》的名勝地、という言葉は決して大げさではなかった、と、旅を始めてすぐに思い知りました。そして、旅をしているあいだ中ずっと、納得《なっとく》しつづけていました。

窓《まど》ちゃん、想像《そうぞう》してみてください。

あなたは今、大空と大地のなかに立っています。

土地も道も景色も空も空間も、要は何もかものスケールが、大自然という言葉がふさわしくないと思えるほど、大きい。大きすぎて広すぎて、あいた口がふさがらない。

人間の尺度《しゃくど》を超《こ》えた風景、とでも言えばいいのかな。

卑小《ひしょう》な人間は、ただぽかんと口をあけて、ぼうぜんとながめていることしかできない。みみっちくていじましい女――言うまでもないことですが、私《わたし》のことです――の乏《とぼ》しい語彙《い》を軽く笑いとばすかのようにして、宇宙《うちゅう》的名勝地はたたずんでいるのです。

あたりには、清潔《せいけつ》な沈黙《ちんもく》だけが漂《ただよ》っています。

大空と大地のなかにあるのは、微笑《びしょう》と沈黙《ちんもく》の世界です。

きょうは、そこで見つけたもの、出会った人について、書いてみたいと思います。

この、自由気ままな（わがままでいい加減《かげん》な？）旅の途中《とちゅう》で、「ナバホ国」に立ち寄《よ》りました。

英語では「ナバホネイション」と呼《よ》ばれています。

アメリカ大陸の先住民族であるナバホの人たちが暮《く》らすこの土地を、アメリカ合衆国政《がっしゅうこくせい》府《ふ》は、〝独立《どくりつ》国家〟として認《みと》めているのです。

果たしてそれがナバホの人たちにとって望ましいことなのか、あるいは、アメリカの利《り》益《えき》のためにこそ必要不可欠《ふかけつ》なことなのか、私《わたし》にはなんとも言いがたいけれど。

力ずくで土地を奪《うば》おうとした白人入植者たちに対して、武力《ぶりょく》で徹底《てってい》的に抵抗《ていこう》しようとした多くの先住民たちとは違《ちが》って、温厚《おんこう》なナバホの人たちは、なんとか話しあいで解決《かいけつ》できないかと考え、白人たちに歩み寄《よ》ろうとした、数少ない先住民として知られています。

というようなことはすべて、旅からもどってきてほどなく、机上《きじょう》で調べたことに過《す》ぎません。単なる情報《じょうほう》、単なる知識《ちしき》に過ぎない。つまり、あまり意味のないこと。

情報《じょうほう》や知識《ちしき》よりも大切なこと。

私《わたし》が語るに値《あたい》すると思われるもの、すなわち、私《わたし》が窓《まど》ちゃんに伝えたいことは、ナバホ国で出会った、一体の人形について。

モニュメントバレー・ナバホ・トライバル公園内にあった、ビジターセンター。センター内のおみやげもの屋さんで、私《わたし》はその人形に出会いました。吸《す》い寄せられ、くぎづけになり、しばらく動けなくなって、ショーケースのガラス越《ご》しに、飽《あ》くことなく、見つめつづけていました。

粘土《ねんど》をひねって形にしてから、窯《かま》で焼きあげたと思われる、素朴《そぼく》な土人形には「ストーリーテラー」という名前がつけられていました。日本語に直すと、物語人形。

まんなかでふたつに分けた髪《かみ》の毛を、三つ編《あ》みにして垂《た》らした老女。

その肩《かた》にも、背中《せなか》にも、胸《むね》にも、ひざの上にも、動物たちがのっかっているの。頭の上や手のひらの上には、小鳥がとまっている。老女の座《すわ》っている敷物《しきもの》の上にも、へびやかえるなど、さまざまな生物がいます。

数を数えてみました。

動物、小鳥、爬虫類《はちゅうるい》や両生類の数を合わせせると、二十九。

老女は、二十九の生き物たちを相手に、ストーリーを語っているのだとわかりました。

そのような物語を、この人形の作者は、表現《ひょうげん》したかったということなのでしょう。

物語を語って聞かせてくれる人。だから、ストーリーテラー。

でもそのストーリーは、物言わぬ、言葉を持たない動物たちに向かって、語られている。

そこに、私《わたし》は「物語」を感じたの。

物語のしっぽをつかんだ、ってことなのかな。


「いかがですか？　お気に召《め》したようでしたら、手に取ってご覧《らん》になりますか？」

頭上から涼《すず》やかな英語が降《ふ》りかかってきて、私《わたし》ははっと我《われ》に返りました。

顔を上げると、スタッフとおぼしきひとりの若《わか》い女性《じょせい》の目と私《わたし》の目が合ったの。

ここで働いている人たちは全員、アメリカ先住民であるナバホの人たちだと、ビジター
センターに置かれているパンフレットには書かれていたけれど、かけられた言葉が英語でなかったら、日本人だと思ったでしょう。

そう、彼女《かのじょ》はまるで日本人の女の子みたいに見えました。

ジャパニーズアメリカンではなくて、ジャパニーズ。日系人《にっけいじん》ではなくて、日本生まれ日本育ちの日本人の女の子のように。

だから勝手に、親しみを覚えました。

窓《まど》ちゃんが大きくなったら、こんな女の子になっているんじゃないかなって、この人は大きくなった窓《まど》ちゃんに似《に》ているんじゃないかなって、つい思ってしまったの。

マンハッタンでもときどき、ネイティブアメリカンの人に出会うことがあるけれど、私《わたし》たちアジア人と、彼《かれ》ら・彼女《かのじょ》たちは同じモンゴロイド（人種の呼《よ》び名です）だから、顔つきや雰囲気《ふんいき》が、本当にそっくりなの。

窓《まど》ちゃんは、知っていますか？

ネイティブアメリカンの人たちと、アジア人は、もしかしたら、親戚《しんせき》っていうか、ルーツが同じかもしれない、という説について。

私《わたし》も最近になって、いろいろな本を読んでいるうちに知ったんだけど、その昔、アジアとアメリカが陸つづきだった時代に、ネイティブアメリカンの人たちはアジアから歩いて、アメリカに渡《わた》ったんじゃないかっていう説があるらしい。

これについては、私《わたし》も今、研究中です。何しろ一万年以上も前の話だからね。しかも、ネイティブアメリカンの人たちは文字を持たなかった。口から口へ、お話を伝えていった。だから、書物などの記録が残っていないのです。

このあたりで、話をもとにもどします。

ビジターセンターで、日本人みたいなチャーミングな子に声をかけられて、

「ありがとう。ぜひ見せてください」

そう答えた私《わたし》の声は、弾《はず》んでいたと思います。

それから、彼女《かのじょ》がショーケースから取り出してくれた人形を手に取って、しげしげとながめました。動物たち、小鳥たち、小さな生き物たちに語りかけている、老女の楽しげな声が、今にも聞こえてきそうだった。

「お茶目ですよね。このおばあちゃん、どんなお話をしているのかしら。こんなかわいい人形、見たことがありません」

私《わたし》がそう言うと、彼女《かのじょ》の顔に、固かった桜《さくら》のつぼみがいっせいに開いたかのような笑みが広がりました。

「うちにもいたんです、こんなおばあちゃん」

笑みをたたえたまま、彼女《かのじょ》は小さな人形の頭をなぜました。そのしぐさがまた、とって

もかわいかった。

「ほんと？」

あいづちを返すと、彼女《かのじょ》はつづけてこう言ったの。

「子どものころ、親戚《しんせき》の家に遊びに行って、みんなで集まってわいわい騒《さわ》いでると、部屋のすみっこに座《すわ》っていたおばあちゃんが、子どもたちに『おいでおいで』をするんです。さあ、みんな、おいで、ここに集まっておいで、今からお話を聞かせてあげるよって」

目をまんまるくして、私《わたし》は彼女《かのじょ》の話に耳を傾《かたむ》けていました。つづきはどうなるのだろうと、わくわくしながら。

「おばあちゃんのお話はいつも、こんなひとことから始まりました。それは……」

「それは？」

そのとき、彼女《かのじょ》の背後《はいご》から、つまり私《わたし》の向かい側から、ひとりの男の子がすたすた近づいてきて、彼女《かのじょ》に声をかけたの。

だから、話はいったんそこで、途切《とぎ》れてしまいました。

男の子は、日本人観光客のように見えました。

彼《かれ》は彼女《かのじょ》に何か、たずねたいことがあったのでしょう。

「展望台《てんぼうだい》はどこですか？」

そんな英語が聞こえてきました。

彼女《かのじょ》はふり向いて、その男の子に「少々《しょうしょう》お待ちください」と答えてから、私《わたし》のほうに向き直って、ストーリーテラーに関する話を終えようとしたの。

「おばあちゃんの最初のひとことはね、『ココペリの笛が聞こえるよ』っていうんです」

ココペリの笛が聞こえる――。

その言葉を耳にした瞬間《しゅんかん》、私《わたし》の心のなかをさぁっと、ひとつの壮大《そうだい》な物語の影《かげ》が横切っていったような、そんな気がしました。

ついさっき「つかんだのかな」と思ったしっぽ。

壮大《そうだい》な物語でありながらも、それは一輪の花のように、初々《ういうい》しい初恋《はつこい》の物語でもあるのかもしれない。そのしっぽの感触《かんしょく》が(わりと、ふんわりしてました!)、今度は私《わたし》の手に、じかに感じられたような気がしたの。

私《わたし》も髪《かみ》の毛を三つ編《あ》みにしたおばあちゃんになって、だれかにお話を語ってみたくなった。ひざの上に、大好きなだれかさんを座《すわ》らせて。

それでね、こんなお話を書いてみました。

アンジーと和馬《かずま》くんのお話。

まだ冒頭《ぼうとう》（ふたりの出会いの場面）だけしかできていないんだけど、まずは読んでみて。

私《わたし》がストーリーを語りたい相手は、窓《まど》ちゃんしかいないのだから。


追伸《ついしん》です＊このピンク色のノートの刺《し》しゅうもね、ネイティブアメリカンの人の作品なの。グリニッチビレッジの小さな本屋さんのかたすみで見つけて、ひとめぼれ。このノートに出会った日から、私《わたし》のナバホ国への「旅」は始まっていたのかな。

窓《まど》ちゃんは、どんな夏を過《す》ごしていますか？

夏休みには、どこかへ旅をしましたか？

物語

そのときアンジーは、兄のことを考えていた。

考えていた、というのは、正しくない。と、アンジーは思った。

思っていた、あるいは、想《おも》っていた？　それとも、思いだしていた？

思いだしていた、というのも、正しくない。

だって、思いだすってことは、忘《わす》れている時間もあるってことでしょ。

あたしが兄のことを忘《わす》れている時間なんて、ないんだもの。

いつも思っているし、いつも想《おも》っている。

だったら、どう言えばいい？

ちょっとだけ考えてから、「そうだ、こう言えばいいんだ」と、アンジーは正しい答えを導《みちび》きだす。

そのときあたしは、兄とともにいた。

アンジーはそのとき、職場《しょくば》であるギフトショップのカウンターのそばで、彼女《かのじょ》の胸《むね》のなかに住んでいる三番目の兄、アイラとともにいた。

そう、アイラはここにいる。と、アンジーは思った。

自分の皮膚《ひふ》の内側に、常《つね》に存在《そんざい》している人のことを、人は考えたり、思いだしたりはしない。もちろん、忘《わす》れたりも。だって、いつもいっしょにいるんだもの。いっしょに生きているんだもの。

そうだよね、アイラ。

アンジーには兄が三人いる。

上のふたりの兄は、とても遠い兄だ。ふたりとも独立《どくりつ》して家から出ていった。遠く離《はな》れた土地で暮《く》らしている。だから、遠い兄たち。でもそれだけじゃなくて、心の距離《きょり》も遠い。

アンジーがまだ幼《おさな》い子どもだったころから、ふたりの兄たちは、遠かった。何を考えているのか、まったくわからなかったし、ふたりとも、気性《きしょう》が荒《あら》くて乱暴《らんぼう》で、父とおんなじで、いつだって肩《かた》を怒《いか》らせて、いばってばかりいた。父のまねをして、母や馬に暴力《ぼうりょく》をふるうこともあった。

だからアンジーは、このふたりの兄たちが大きらいだった。

三番目の兄、アイラは違《ちが》った。

アイラは「特別な子ども」だった。実際《じっさい》に、みんなから、そう呼《よ》ばれていた。

アイラは美しかった。アイラは優《やさ》しかった。だれもがアイラを見ると「この子は神様が遣《つか》わした子だ」と言った。それほどまでに、兄は神々《こうごう》しく輝《かがや》いていた。

アイラはアンジーの自慢《じまん》の兄だった。

アイラはアンジーにとって、白馬に乗った王子様のような存在《そんざい》だった。

子ども時代のアンジーは、王子様と同じゆりかごのなかで子守唄《こもりうた》を聞き、王子様といっしょに泣いたり笑ったり、遊んだり眠《ねむ》ったりした。

アンジーは王子様に守られているお姫様《ひめさま》だった。

お姫様《ひめさま》の名前は、アンジェリーナ。

ほんとにお姫様《ひめさま》みたいな名前だと思って、アンジーは物心がついたころから、自分の名前が気に入っていた。しかし残念なことに、アンジーをアンジェリーナと呼《よ》ぶ人はいなくて、みんなからは「アンジー」って呼《よ》ばれてきたし、今もそう。

「アンジーとアイラは、ちっとも似《に》てないね」

「おかしいね」

「きっと、神様はすべての『美』をアイラに与《あた》えてしまったんだ。哀《あわ》れなアンジーよ、恨《うら》むことなかれ」

親戚《しんせき》のおばさんたちの会話を思いだして、アンジーは苦笑いをする。

アイラとアンジーは、ふたごのきょうだいとして生まれた。

取りあげた曽祖母《そうそぼ》の話によると、先に母の胎内《たいない》から外に出たのはアンジーで、あとから出てきたのが、アイラだったそうだ。

けれども、アンジーの父は、アイラが兄だと決めた。彼女《かのじょ》の属《ぞく》する社会では、常《つね》に男が先に立ち、女はうしろからついていくことになっているので、それは当然の成り行きだった。こうして、アイラは兄、アンジーは妹、ということになった。

「男がそう決めたら、天と地だって、引っくりかえるのよ」

母はアンジーにそう教えた。教えたくもないことだったろうが。

アンジーの母は、ふたりの男の子を産んだあと、暴君《ぼうくん》の夫と別れたい一心で、別れて人生を立てなおすために東奔西走《とうほんせいそう》していたのだが、夫はどうしても離婚《りこん》を認《みと》めようとしなかった。そうこうしているうちに、アンジーとアイラを身ごもった。

夫やふたりの息子たちには似《に》ても似《に》つかない、美しい男の子が生まれたことで、彼女《かのじょ》の気持ちはいくぶんかは救われたのか、もう少しだけ、夫との暮《く》らしに甘《あま》んじてみようとした。あるいは、インディアン——多くの人々はアンジーたちを「ネイティブアメリカン」と呼《よ》びたがるが、彼女《かのじょ》たちはインディアンでいいと思っている——であるために、思ったような仕事につけなかったことが、離婚《りこん》を踏《ふ》みとどまった理由だったのか。

小学校でも、中学校でも、アイラは「神童」と呼《よ》ばれるような子どもだったが、やがて十七歳《さい》になったアイラは、世の中の男の子の御多分《ごたぶん》にもれず、アルコールに走り、アルコールにおぼれた。

アイラに酒をすすめたのは、ふたりの兄たちであり、彼《かれ》の父だった。だから、アンジーはいまだに、父と兄たちを激《はげ》しく憎《にく》んでいる。

いとも簡単《かんたん》にアルコール依存症《いぞんしょう》におちいったアイラは、家から何十マイルも離《はな》れた場所にある酒場でつぶれるまで酒を飲み、つぶれた意識《いしき》のままハンドルを握《にぎ》り、時速百マイル以上のスピードで車をぶっ飛ばして家に帰る途中《とちゅう》で、事故《じこ》を起こして、死んだ。

母の話によれば、大破《たいは》した車のなかで、下半身がぐちゃぐちゃになっていたアイラの「顔はとってもきれいだった。まるですやすや眠《ねむ》っているような、安らかな顔をしていた」という。

アイラが死んでしまったあと、みんなで形見分けをした日、驚《おどろ》いたことに父は、アイラのかわいがっていた馬をアンジーに与《あた》えてくれた。

ありえないことが起こった、と、母もアンジーもびっくりぎょうてんした。馬はてっきり、どちらかの兄のもとへ行くのだと思っていた。父が、女のアンジーに馬を与《あた》えてくれるとは、小指のつめの先ほども思ってもいなかった。

あとで祖母《そぼ》から聞いた話によると、ふたごの片割《かたわ》れが死んだときには、残されたほうに、死者がいちばん大切にしていたものを与《あた》えなくてはならない、そうしなければ、災《わざわ》いは、残された片割《かたわ》れにも及《およ》ぶだろう、という言い伝えのようなものがあるからではないか、という。

理由はどうあれ、アンジーはアイラの愛していた馬をもらった。

馬には「イシ」という名前がつけられていた。

アイラはこの名前の由来について、生前、

「イシには、人間っていう意味があるんだよ」

と、語っていた。アンジーたちとは別のインディアンの言葉だった。

「この子はね、人の言葉もわかるし、人の気持ちもわかる馬なんだ」

アンジーはイシをかわいがった。

自分の命よりも、大切にした。

毎朝、毎晩《まいばん》、懸命《けんめい》に世話をした。イシが病気になったときには、馬小屋でいっしょに寝《ね》た。

いや、寝《ね》なかった。夜も寝《ね》ないで看病《かんびょう》した。けれども、アイラが天国へ行ってしまった次の年、まるでアイラを追いかけるかのようにして、イシも旅立った。

涙《なみだ》で体が溶《と》けてしまうんじゃないかと思えるほど、泣いた。

あのときは、悲しかった。ううん、今だって、悲しい。

思いだしながら、アンジーは、アイラに呼《よ》びかける。

ねえ、アイラ、イシは元気？

ねえ、アイラ、そこは、どんなところなの？

アイラ、アイラ、今、どこで何をしているの？

会いたいよ、アイラ……ねえ、返事をして……。


「こんにちは」

ふいに声をかけられて、アンジーははっと我《われ》に返った。職場《しょくば》にいながら、心は空のかなたまで、飛んでいってしまっていた。

目の前に、ひとりの女性《じょせい》が立っていた。ひとり旅なんだな、と、アンジーにはわかった。日本人女性《じょせい》かな、とも思った。

ここ、ナバホ国を訪《おとず》れる観光客として、日本人は決して珍《めずら》しい存在《そんざい》ではない。

でも、日本人女性《じょせい》のひとり旅というのは、珍《めずら》しい。

年の頃《ころ》、四十代くらいか。うちの母よりもちょっと若《わか》いくらいかな。

アンジーはそう見立てた。

アンジーと日本人女性《じょせい》のあいだには、民芸品を並《なら》べているショーケースがあって、彼女《かのじょ》はそのなかに置かれている、ストーリーテラーという名前の人形をじっと見つめている。

その人形は、民芸品というよりは、現代美術《げんだいびじゅつ》に近いような作品で、有名なインディアンの陶《とう》芸家《げいか》の創《つく》ったものだった。

よほど気に入ったのだろう。

買う気もありそうだ。

声をかけてみることにした。

「いかがですか？　お気に召《め》したようでしたら、手に取ってご覧《らん》になりますか？」

「ありがとう。ぜひ見せてください」

アンジーは手もとのカウンターのフックから鍵《かぎ》を抜《ぬ》きとり、ショーケースをあけ、ストーリーテラーを取りだして、カウンターの上にそっと置いた。

彼女《かのじょ》はうれしそうな表情《ひょうじょう》になって、いろいろな角度からその人形をながめた。ためつすがめつ、とても熱心に。

もしかしたらこの人もアーティストなのかな、と、アンジーは思った。

子どものころの思い出話を彼女《かのじょ》に語った。ストーリーテラーだったおばあちゃんの話だ。彼《かの》女《じょ》は身を乗りだすようにして、聞いてくれていた。

なごやかな空気が漂《ただよ》っていた。

突然《とつぜん》、うしろから、別の観光客の声がした。

男の子の声は、アンジーの背中《せなか》に向かって、まっすぐに飛んできた矢のようだった。

「展望台《てんぼうだい》はどこですか？」

なんてまぬけな質問《しつもん》なんだろうって、アンジーはまずそう思った。

だって、展望台《てんぼうだい》はすぐ目の前にある。このギフトショップの窓《まど》の外に。

場所をたずねるまでもない。見れば、わかる。窓《まど》は全面ガラス張《ば》りだ。

とりあえず、人形を買う気のありそうな人に対する接客業務《せっきゃくぎょうむ》を優先《ゆうせん》しなくちゃ、と思いながら、アンジーはふり返って「少々《しょうしょう》お待ちください」と言った。

その瞬間《しゅんかん》、胸《むね》のなかで、アイラが跳《は》ねた。

イシが跳《は》ねた。

イシが前脚《まえあし》を大きく上げて跳《は》ねたから、イシにまたがったアイラも跳《は》ねたのだ。

そういうふうに見えた、というよりも、その姿《すがた》が見えた、という感じだった。

アイラ！

思わず心のなかで、兄の名を呼《よ》んだ。

容貌《ようぼう》が兄に似《に》ていたわけじゃない。

兄はもっと美しかった。年だって、違《ちが》う。兄はもっと若《わか》かった。

でも、アンジーの目がとらえたその人は、イシに乗ったアイラを思わせた。

つまり、アイラが彼《かれ》を連れてきた。アイラがこの男の子を、あたしのもとに。

そういうことなんだと、アンジーは思った。そう思うことにした。

いい意味での胸《むな》さわぎを感じた。何かが始まる。何かが起こる。

この胸《むな》さわぎは次の日、確信《かくしん》に変わることになる。

その日はまだ、知ることのなかった彼《かれ》の名前——。

その日、アイラの連れてきてくれた人は日本人で、地球の反対側——ずいぶん遠い——にある国、日本に住んでいる人の名は「和馬《かずま》」というのだった。


（つづく）

＊

小さな文字で書かれている（つづく）を見つめながら、わたしは母に呼《よ》びかける。「ねえ、マミー」と、アンジーがアイラに呼《よ》びかけたように。

ねえ、マミー。

このあとに、どんなお話を書こうとしていたの？

つづきはどうなるの？

この物語は、わたしにとって、何度、読んでも「解《と》けない謎《なぞ》」だ。まるで初めての恋《こい》のように、それは美しい謎《なぞ》であり、つづきを読みたくてしかたがないのに、つづきのない物語でもある。

この冒頭《ぼうとう》を書いたとき、母の心のなかには、どんな物語が秘《ひ》められていたのだろう。アンジーという名前のネイティブアメリカンの女の子が、和馬という日本人の男の子に恋《こい》をして、日本へ旅をする――母が書きたかったのは「恋《こい》の物語」だったのだろうか。それとも「旅の物語」だったのだろうか。

きっとその両方だったのだろう。

母は旅が好きだった。いつも旅にあこがれていた。

わたしたちが三人で、日本で暮《く》らしていたとき、

「ああ、どこかへ行きたいな。長い旅に出たい」

父に向かって、よくそんなことを言っていた。

わたしはまだ幼《おさな》かったから「たびって、なんだろう」って思っていた。

「窓香《まどか》がもう少し大きくなったら、三人で行こうよ」と、父は答えていた。

三人でアメリカへ行ったことで、母の「長い旅」は実現《じつげん》したはずなのに、その長い旅が、母と父を別れさせ、わたしたちの人生を大きく変えた。

ひとりでアメリカに残った母は、紛争地《ふんそうち》や戦場や難民《なんみん》キャンプへの旅をつづけた。そうして、ネイティブアメリカンの「長い旅」に興味《きょうみ》を抱《いだ》きはじめた。

終わりのない旅――もしかしたらこれが、母の追いもとめていた、追いもとめたかったテーマなのだろうか。

わたしは母の書こうとしていた「物語」のつづきが読みたかった。

アンジーと和馬くんの恋《こい》のお話を。

母の「旅」のつづきがあったのなら、それを知りたかった。

その機会は永遠《えいえん》に、失われてしまった。

燃《も》える日々《ひび》

きょうは八月九日。

太平洋戦争の末期に、アメリカ軍が長崎《ながさき》に、二発目の原子力爆弾《ばくだん》を落とした日だ。

「広島に落とされたあと、すぐに日本が降伏《こうふく》していれば、長崎《ながさき》には落とされなかったかもしれない」

中一のときの社会科の先生は、授業《じゅぎょう》中、そう言っていた。

家に帰って父に話すと、父は「それは違《ちが》うね」と言った。

「最初から二発、落とすつもりでいたんだ。そうじゃなかったら、あんなに立てつづけに、しかも違《ちが》った種類の原爆《げんばく》を落とすはず、ないだろ」

父の言葉を、去年のわたしはあっさり聞きながしていた。

「ふぅん、そうなのか」

そう思ったきり、それ以上、深く考えることもなく、忘《わす》れてしまっていた。

原爆《げんばく》なんて、遠い昔に起こった戦争なんて、わたしには関係ないって、思っていた。

でも、今年は違《ちが》う。


図書室の窓《まど》の外に広がっている、まっ青な空に視線《しせん》をのばしながら、わたしは思う。

一九四五年の八月九日の朝、長崎《ながさき》の子どもたちはどこで、どんな空を見ていたんだろう。

子どもたちのなかには、その空が「最後の空」になった子もいるだろう。


こんなことを思うようになったのは、母のノートを読んだから。

何度も、くり返し、読んだから。


亡《な》くなる直前まで、母がわたしに宛《あ》てて書きつづけてくれた手紙。（つづく）と書かれているのに、つづきの書かれることのなかった物語。

ページのなかから聞こえてくる声に耳を澄《す》ましながら、ときには泣きながら、ときには朝まで読みつづけた、母のノート。


きょうはそのノートをかばんのなかに入れて、ここへ来た。

必要なページのコピーも人数分、取ってきた。


図書室のとなりにあるミーティングルームで、わたしたち五人はこれから、自由研究の中間報告《ほうこく》会の三回目をすることになっている。

十時五分前に、図書室についた。

男子ふたり、前島くんと茂木《もぎ》くんは、すでに来ていた。

「おはよう！」

「オッス」

「どーも」

などと声をかけあって、だ円形の机《つくえ》の前の椅子《いす》に座《すわ》った。

十時五分くらいに、坂本くんと玲奈《れいな》がいっしょに姿《すがた》を現《あらわ》した。

なんでいっしょなの？　って、わたしが思ったのと同時に、玲奈《れいな》が言った。

「そこの廊下《ろうか》で偶然《ぐうぜん》、出会ったの」

坂本くんは、ちょっとだけ照れているような笑顔だった。

夕立が降《ふ》りはじめる前に吹《ふ》いてくる、湿《しめ》った風のようなその笑顔を目にしたとき、わたしは思ってしまった。

このふたり、もしかしたら、つきあっているのかな。

思ってから、あわてて打ちけした。

ありえないよ、そんなこと。

どうして？　なぜ、ありえないって言えるの？

それはきっと、わたしがそう願っているから。

ぐしゃぐしゃになっているわたしの胸《むね》に、坂本くんの声がつきささった。

「ほんじゃ、始めよっか」

「おまえ、妙《みょう》に気合い、入ってんな」

「おう、燃《も》えてんだよ、おれ」

「だからこんなにクソ暑いんだよ」


二週間ほど前、七月の終わりに開いた最初のミーティングで、わたしたちは、五人の研究分担《ぶんたん》を決めてあった。

前島くんと茂木《もき》くんは、太平洋戦争を経験《けいけん》したことのある人に話を聞く。

そのインタビューをまとめる。

子ども時代を、戦争とともに生きてきた人は、簡単《かんたん》に見つかった。

吉田《よしだ》先生が見つけてくれた人がひとり、それから、前島くんのおばあさん。

おばあさんは、日本が満州事変を起こして、中国に対する侵略《しんりゃく》戦争を始めた年に生まれ、敗戦時には十四歳《さい》だったという。まさに「戦争と子ども」というテーマを生きてきたような人だ。吉田《よしだ》先生の紹介《しょうかい》してくれた人は、学童疎開《がくどうそかい》の経験者《けいけんしゃ》。日本の子どもたちにとって、疎開《そかい》というのは、戦争よりつらく、苦しい経験《けいけん》だったようだ。

坂本くんの研究テーマは、ホロコースト。

第二次世界大戦中、ナチスドイツの手で絶滅《ぜつめつ》させられようとしていたユダヤ人たち。ガス室での処刑《しょけい》が待ちうけていた絶滅収容所《ぜつめつしゅうようじょ》から、かろうじて生還《せいかん》することのできた十三歳《さい》の女の子。彼女《かのじょ》の体験談がつぶさに記された本を読んで、レポートをまとめる。

玲奈《れいな》は、ヴェトナム戦争。

アメリカとの戦争中、十年間にもわたって、ヴェトナムの空から大地にばらまかれた「枯《か》れ葉剤《はざい》」という化学兵器。戦争が終わって、森林はよみがえったものの、人体への被害《ひがい》は残りつづけた。体の一部がくっついて生まれたふたご。手足の曲がっている赤んぼう。今もなお、後遺症《こういしょう》に苦しむ子どもたち。枯《か》れ葉剤《はざい》は、母から子へ、子から孫へと、決して消えることのない苦しみを刻《きざ》みつづけている。玲奈《れいな》は、枯《か》れ葉剤《はざい》の影響《えいきょう》を追いかけているジャーナリストの写真集をもとにして、レポートをまとめる。

坂本くんと玲奈《れいな》の読む二冊《さつ》の本は、どちらも、読書家の玲奈《れいな》が見つけたものだ。

そして、わたし。

わたしは当初、『私《わたし》たちが子どもだったころ、世界は戦争だった』というタイトルの翻《ほん》訳書《やくしょ》を読むことになっていた。この本も、玲奈《れいな》が探《さが》しだしてくれたもの。

第二次世界大戦中、敵《てき》と味方に分かれて戦っていた国々《くにぐに》の子どもたちが、どう生きて、どう死んだか。子どもたちの残した日記や手紙で構成《こうせい》されている、生々《なまなま》しい体験記だった。

それから一週間後、第二回のミーティングで、インタビュー内容《ないよう》や読書の感想を話しあったあと、坂本くんがこんなことを言いだした。

「うーん、なんかさ、この研究、どっか、かたよってない？」

「は？」

「あのさ、今のままじゃ、なんか、あともうひとつ、足りないんだよな」

「何が足りないのさ？」

「そうよ、どこがどう、かたよってるの？」

「それがわかんないから、悩《なや》んでるんだろ？」

「テーマは、戦争と子どもだろ？　かつて子どもだった人たちの戦争体験をまとめてんだから、これでいいんじゃない？」

「と、思ってたんだけど、なんか、違《ちが》う！」

「だから、何が違《ちが》うのよ」

「わかんないけど、違《ちが》うんだ」

「いまさら、何言ってんだよ、おまえ」

まるで火がついたように燃《も》えさかっている応酬《おうしゅう》を聞いているうちに、ふいにひらめいたことがあった。

この研究に足りないのは――。

「今、現在《げんざい》、世界のどこかで、戦争に巻《ま》きこまれている子どもたち」

それまで黙《だま》っていたわたしが急に口を開いたせいか、みんなは一瞬《いっしゅん》、ぽかんとした表情《ひょうじょう》になっていた。

「そっかー、窓香《まどか》、するどいよ」

玲奈《れいな》が感心したような口調で言った。

「足りないのは、現在《げんざい》だよ、現在《げんざい》、ね、窓香《まどか》、そういうことでしょ?」

すると、前島くんが言った。

「なるほど、おれたちの研究、過去《かこ》のことばっかりだもんな」

一拍《ぱく》だけ遅《おく》れて、坂本くんが言った。

彼《かれ》はわたしのほうを向いていた。アーモンドクッキー色の瞳《ひとみ》と長いまつ毛。

「だけどさ、今、現在《げんざい》、戦場にいる子どもたちの話を、日本に住んでる中学生のぼくらがどうやって、集めたらいいわけ?」

「もっと最新のルポとか、探《さが》してみようか」

玲奈《れいな》の言葉を受けて、気がついたら、わたしはこう言っていた。

考えてから、言ったわけじゃなかった。言葉が先で、気持ちがあと、だった。

「あのね、うちの母ね、一年前に死んじゃったんだけど、母の残してくれたノートがあって、そこにはわたしに宛《あ》てた手紙が書かれているの。彼女《かのじょ》、実際《じっさい》に、戦地とか紛争《ふんそう》地とかへも行ってたみたい。そういうことも、わりとたくさん、くわしく書かれてる。よかったら今度、コピーして持ってこようか」

「へえっ！　何それ、すごいじゃん。森田さんのおかあさん、戦争報道《ほうどう》みたいなこと、やってたんだ？　どこで？」

「いろいろなの。ウガンダとか、コソボとか、あと、難民《なんみん》キャンプとか、イラクとか」

「イラク〜！　すっげぇ」

坂本くんと前島くんが、同時に声を上げた。

本当は、戦地とか紛争《ふんそう》地とかだけではないのだけれど。

玲奈《れいな》は目をぱちぱちさせながら、わたしの顔を見ている。

「知らなかった。窓香《まどか》のママ、戦争取材で亡《な》くなってたんだ……」

「ううん、そういうわけじゃなくて、カメラマンの人のお手伝いみたいなこと、やってたみたい。戦場で亡《な》くなったかどうかは……」

わからないし、知らないの、っていう言葉は、四人の話し声と熱気にかき消されてしまった。

それに、母が追いもとめていたものは、戦場の外にあったのかもしれないし、「戦争と子ども」というテーマは、母ではなくて、ジェフリーさんのものだったんだけれど。

「ごめん、最初から話しておけばよかったかな」

そう言ったわたしの言葉を拾いあげるようにして、坂本くんが言った。

「そんなことないよ。おかげで森田さんが、なんで『戦争と子ども』ってテーマを出したのかがわかってよかったよ」

ひどく優《やさ》しい口調だった。

なぜか、涙《なみだ》がこぼれそうになった。


そしてきょう、八月九日におこなわれた三回目のミーティングは、今まで以上に、実りあるものとなった。

四人は、わたしが配ったコピーを、目を皿のようにして読んでいた。

すべてをコピーしてきたわけじゃなかった。

ウガンダ、コソボ、イラク、アフガニスタンの「子どもたち」が出てくるページを選んであった。

読みおえたあと、みんなで新たな担当領域《たんとうりょういき》を決めた。

玲奈《れいな》はウガンダ。坂本くんはコソボ。前島くんはイラクで、茂木《もぎ》くんはアフガニスタン。それぞれの国の戦争や紛争《ふんそう》の実態《じったい》を、インターネットでリサーチしてまとめることにした。

それらの事実と、母の体験記を重ねあわせて発表すれば、

「完璧《かんぺき》だね」

ということになったのだった。

ちなみにわたしの担当《たんとう》は、男子ふたりのインタビューのテープ起こし。

「太平洋戦争、ホロコースト、ヴェトナム戦争、そして、現在《げんざい》もつづいている紛争《ふんそう》。これで完璧《かんぺき》だよ。」

「おれ、燃《も》えてきたぞー」

「燃《も》えろ、青春!」

そんな発言まで飛びだした。

一回目のミーティングのときには、

「優勝《ゆうしょう》だけは、しないでおこうな」

「県大会なんて、まっぴらごめんだもんな」

「だいたい、自由研究を弁論《べんろん》大会に結びつけようなんて、考えが寒いよ」

なんて言っていたのに。

「そんなことないよ。おかげで森田さんが、なんで『戦争と子ども』ってテーマを出したのかがわかってよかったよ」

今夜もまた、坂本くんの言葉と声を思いだしながら、かばんから母のノートを取りだして、いつもするようにカバーをはずしてから、表面をなでた。

猫《ねこ》の背中《せなか》をなでるように優《やさ》しく、たっぷりなでてから、ノートのまんなかあたりを開いて、手紙を読みはじめる。

燃《も》えあがるような母の思いが、白いページの上にある。

最初のほうは、いつものおだやかな文字なのに、だんだん乱《みだ》れていって、うしろのほうはなぐり書きのようになっている。書いているというよりも、叫《さけ》んでいるという感じ。

これが、母がわたしに宛《あ》てて書いてくれた手紙の、最後の一通だ。

このあとには、ない。何もない。

ただ、白紙のページが残されている。

母はこの一通を書いたあと、なぜ、ふっつりと、ノートに手紙を書くのをやめてしまったのだろう。

イラクで、本当は、何があったのだろう。

それとも、何もなかったのか。

そこには、母の求めているものが何もなかったから、母は絶望《ぜつぼう》し、何も書けなくなったのか。ジャーナリストにはなれないと悟《さと》った母は、自分に失望してしまったのだろうか。

それとも——。

そのあとにわたしは、これまでに何度も仮定しては、そのたびに何度も打ちけした疑問《ぎもん》を抱《いだ》く。それともこれは、母の命の最後の一通だった、ということなのだろうか。この手紙を書いたあと、母は帰ってくることのない旅に出た？

——イラクではなくて、私は日本へ行きたい。日本へ行ってあなたに会って、あなたを思い切り抱《だ》きしめたい。

今、失われたものを求めて

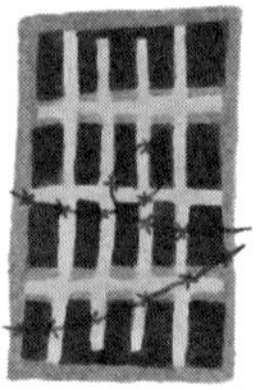

窓《まど》ちゃん

いきなりだけれど、「フリーダムフライズ」って言葉、覚えてる?

ちょうど、私《わたし》たち家族がアメリカにやってきた年の三月に始まって、すぐに終わったと報道《ほうどう》されたけど、本当は終わってなんていなかった、イラク戦争。

もちろん窓《まど》ちゃんは、戦争のことなんて覚えていないと思うし、実際《じっさい》、私《わたし》たちの生活にはなんの影響《えいきょう》もなかった（それが戦争の恐《おそ》ろしいところでもあるのだけれど、この話はまた今度）。

何はともあれ、あのころ、ファストフード店やレストランで、フライドポテト（これは日本語）を頼《たの》みたいとき、「フレンチ《フランスの》フライズ」って言わないで、アメリカ人はみんな「フリーダム《自由》フライズ」って言ってたよね。

窓《まど》ちゃんもね、幼稚園《ようちえん》の先生に教わったのか、そう言ってたの。

私《わたし》が「フレンチフライズ」って注文したら、

「マミー、フリーダムフライズだよ」

って、訂正《ていせい》してくれてた。

アメリカがイラクに戦争をしかけようとして、ありもしない作り話をでっちあげたとき、それまで「応援《おうえん》します、いっしょに戦います」って、味方についていたフランスが考えを変えて「戦いません」と、アメリカに反旗をひるがえしたため、アメリカは怒《おこ》って、「フレンチフライズ」なんて名前はけしからん！　ってことになったのでした。

なんだか、ばかみたいな話です。

まるで子ども同士のけんかみたいな。

いいえ、子どもだって、こんな幼稚《ようち》なけんかはしないと思う。

今にして思えば、この戦争は本当に、なんだったのでしょう？　と、いくら首をかしげても、かしげ足りないくらい、疑問《ぎもん》を感じます。

「イラクの自由作戦」――。

「自由」という言葉をくっつけると、アメリカ国民は、コロッとだまされてしまうのね。「自由」とか「正義《せいぎ》」とか「平等」とか、そういう言葉に弱いんです。

イラクを独裁者《どくさいしゃ》から解放《かいほう》し、自由にしなくてはならない。

だけど、なぜそれをアメリカがやらないといけないのか?

アメリカは強引に戦争を始めて、空から大量の爆弾《ばくだん》をバラバラ落とし、古い歴史と世界に誇《ほこ》れるすばらしい文化を有する、イラクの町や村をめちゃくちゃに破壊《はかい》し、そこで生活している人々《ひとびと》を殺しました。

そして、三月二十日に始めたこの戦争を、五月一日には「終わりました」って、当時の大統領、ブッシュ・ジュニアは宣言《せんげん》したのです。

アメリカ側の圧勝《あっしょう》です、って。

でもね、イラクは、大量破壊兵器《たいりょうはかいへいき》なんて、持っていなかった。生物兵器、化学兵器、核《かく》兵器《へいき》、放射能《ほうしゃのう》兵器など、何も持っていなかったの。

ひどい話でしょう?


イラク戦争は、五月一日に終わるどころか、まさにそのときから始まったのです。めちゃくちゃになった町や村に、アメリカ兵がずかずか入ってきて「これからは、ぼくたちがイラクの治安を守ります」なんて言ったって、イラクの人たちにしてみたら、ばかも休み休み言ってほしい、って気になるよね?

空から爆弾《ばくだん》をばらまいた、その張本人《ちょうほんにん》から「守ります」なんて言われて、だれが本気で信じるでしょう。

アメリカはきっと、太平洋戦争で日本に勝利したあとに日本で起こしたこと（無条件降伏《むじょうけんこうふく》、アメリカによる占領《せんりょう》、進駐《しんちゅう》、アメリカ軍基地《きち》の建設《けんせつ》など）が、イラクでも実現《じつげん》できるはずだと思っていたのではないかしら。日本人みたいに素直《すなお》に、おとなしく、勝ったアメリカに従《したが》ってくれるのではないか、と。

実のところ、日本では反米運動も起こりました。学生運動も起こりました。でもそれは、内戦や内乱《ないらん》に至《いた》るほどのものでなかった。そしていつのまにか、日本とアメリカは仲よくなっていたのです。

イラクでは、そうは問屋が卸《おろ》しませんでした。

現在《げんざい》に至《いた》るまで、イラク国内の治安は悪化する一方で、国民の生活も混乱《こんらん》をきわめています。

いたるところで、血で血を洗《あら》うような戦闘《せんとう》がつづいています。

最新の武器《ぶき》で身をかためたアメリカ軍に対して、自爆攻撃《じばくこうげき》で戦いをいどんでいこうとする反米武装《ぶそう》集団。

爆弾《ばくだん》を体に巻《ま》きつけて、アメリカ軍の車に飛びこんでいく人もいれば、爆弾《ばくだん》を積みこんだ車で基地《きち》につっこんでいく人たちもいます。これは、太平洋戦争の末期に、日本軍がアメリカに対しておこなった特別攻撃《とくべつこうげき》（死を覚悟《かくご》して、アメリカの艦船《かんせん》に体当たりをしていたの）にそっくりです。

書きたくもないことだけれど、自爆攻撃《じばくこうげき》をやっているのは、大人だけではありません。そう、子どもも爆弾《ばくだん》を体に巻《ま》きつけて走っている。

ここまでが、イラク戦争の復習《ふくしゅう》。

あ、もうひとつ、忘《わす》れてはいけないことがあります。それは、このイラク戦争に、日本も自衛隊員《じえいいん》を派遣《はけん》していた、ということ。つまり、日本も戦争に加担《かたん》していたということ。

日本は、真の意味での平和国家ではありません。

窓《まど》ちゃん、そのことを忘《わす》れないで。

日本国内では、たしかに戦争はないのかもしれない。でも、日本は、日本の外で戦争に加わっているのです。多額《たがく》のお金も出してきたし、基《き》地《ち》も提供《ていきょう》してきたし、武器《ぶき》も製造《せいぞう》してきました。直接《ちょくせつ》的であっても、間接《かんせつ》的であっても、加わっていることに、変わりはありません。

私《わたし》は先週、ジェフリーといっしょに、イラクの首都、バグダッド市内の小学校を、ふたたび訪問《ほうもん》してきました。

一年半ほど前に会った子どもたちが、今はどうしているのか、どんなふうにして生き延《の》びているのか、この目で見て、話を聞きたいと思ったのです。

小学校の校舎《こうしゃ》は、まだ半分ほどしか使えない状態《じょうたい》でしたが、子どもたちは、運動場でサッカーなどをして遊んでいました。

顔を見た覚えのある子もいれば、ない子もいました。

みんな、以前よりも元気そうに見えました。

あのなかに、一年半前に会ったあの子は、モハメッドは、いるかな？

目を凝《こ》らしてみましたが、残念ながら、いませんでした。

探しながら歩いているうちに、ふと足が止まりました。

運動場のかたすみに、金網《かなあみ》のフェンスと鉄条網《てつじょうもう》で囲われて、立ち入り禁止《きんし》になっている場所がある。前に来たときは、なかったのに。

あそこには、何があるのだろう？

そう思って、近づいていこうとしていると、サッカーをしていた子どもたちのうち数人が、あわてて私《わたし》たちのほうへ駆《か》け寄《よ》ってきました。

胸《むね》の前で、手をバタバタふっています。

「そっちへ近づいちゃだめ」

って、叫《さけ》んでいるようにも見えます。

ジェフリーと私《わたし》は立ち止まって、子どもたちの話を聞いてみることにしました。

話を聞いているうちに、一年半前に出会った少年モハメッドが、なぜ、今はここにいないのか、その理由を知ってしまったのです。

アメリカ軍が大量にばらまいた、クラスター爆弾《ばくだん》。

この爆弾《ばくだん》については、初めてイラクへ行くことになったとき、しっかりと調べて勉強していたので、知識《ちしき》はありました。

二〜三メートルもあろうかというような、ロケット型の大きな爆弾《ばくだん》です。

この爆弾《ばくだん》が空中で爆発《ばくはつ》すると、なかから、何百個《こ》もの小さな子爆弾《ばくだん》が飛び散るようになっています。

かつてヴェトナム戦争でも大量に使われた爆弾《ばくだん》を、さらに改良したものです。

改良というよりは、改悪ね。

クラスター爆弾《ばくだん》の恐《おそ》ろしい点は、小さな爆弾《ばくだん》が広い範囲《はんい》にわたって、無数に散らばってしまうこと。

そうしてさらに恐《おそ》ろしいことに、不発率《りつ》が高い。つまり、すぐさま爆発《ばくはつ》しないでそのまま地上に残ってしまうものも多数ある、ということ。

そう、地雷《じらい》と同じで、小さな爆弾《ばくだん》が地面につきささったり、埋《う》まったりして、そのまま残ってしまうのね。

ここまでは知識《ちしき》として、知っていたことです。

この爆弾《ばくだん》の恐《おそ》ろしさを、私《わたし》は生まれて初めて、目にしました。

百聞《ひゃくぶん》は一見《いっけん》にしかず。

運動場のその場所にも、そのような小さな爆弾《ばくだん》がたくさん、埋《う》まっていたの。

「ほら、あれだよ」

しゃがんで、ひとりの少年の指さすほうをじっと見てみると、何かがキラキラ輝《かがや》いています。

色は銀色。先のほうに、白いリボンみたいなものがくっついています。

円筒形《えんとうけい》で、大きさは八センチほどしかありません。

まるで、おもちゃか何かのようです。

私《わたし》だって、こんなものが道に落ちていたら、思わず拾いあげてしまうでしょう。

「モハメッドはね、あれが爆弾《ばくだん》だと知らないで拾って、転がしたり、投げたりして、遊んでいたんだ」

その途中《とちゅう》で爆発《ばくはつ》した、銀色の小さなかたまりによって、モハメッドは、命を失ってしまったのです。

アメリカ軍は、このような事態《じたい》を引き起こす、ということを承知《しょうち》の上で、この爆弾《ばくだん》を落としたわけです。

自分たちがばらまいた爆弾《ばくだん》を、今は、処理《しょり》チームを派遣《はけん》して、懸命《けんめい》に取りのぞこうとしているようですが、焼け石に水。爆弾《ばくだん》があまりにも細かくて、あまりにも広い範囲《はんい》にわたって、散らばっているからです。

私《わたし》の好きな作家、池澤夏樹《いけざわなつき》さんが著書《ちょしょ》のなかに、こんなことを書いています。窓《まど》ちゃんにぜひ読んでもらいたいから、書き写しておくね。

「ミサイルを発射《はっしゃ》する側は決して結果を考えない。彼《かれ》ら軍人たちはその情景《じょうけい》を想像《そうぞう》してはいけないと教えられている。ここ二十年で軍事技術《ぎじゅつ》は大きく変わったが、人工衛星《えいせい》による偵察《ていさつ》やコンピュータ制御《せいぎょ》以上に大きく戦争を変えたのは、相手を見ることなく、つまりまったく罪悪感《ざいあくかん》なく、人を殺す技術《ぎじゅつ》の発達ではないか。」

『イラクの小さな橋を渡《わた》って』というタイトルの本。

いつか、読んでみて。イラクがどんな国で、イラクの人たちはどんな人たちで、アメリカは何をこわしたのか、失われたものは何だったのか、が、よくわかると思うから。


小学校をあとにして、私《わたし》たちは、モハメッドの家を訪《たず》ねました。

家にはまだ、電気が復旧《ふっきゅう》していませんでした。

モハメッドのおかあさんは、私《わたし》たちのことを覚えてくれていて、ドアの前で両手を大きく広げて出むかえてくれました。

「アッサラームアレイクム」

あいさつの言葉を交わしながら、再会《さいかい》を喜びあいました。

でも、家のなかに入ったとたん、おかあさんは泣き出してしまいました。

彼女《かのじょ》の悲しみが伝わってきました。

気がついたら、私《わたし》の頰《ほお》にも涙《なみだ》が伝っていました。

ついこのあいだまで、ここには、モハメッドと、彼《かれ》の弟がいたのです。

「何もかも、変わってしまった。モハメッドが死んでしまってから、彼《かれ》の弟も変わってしまった」

と、おかあさんは言いました。

聞けば、モハメッドの弟は「おにいちゃんを殺したアメリカ兵を許《ゆる》せない」と言って、学校へは行かなくなり、そのかわりに、友だちの家で一日中、自爆《じばく》テロのやり方を解説《かいせつ》しているDVDを観ているというではありませんか。

おかあさんの涙《なみだ》には、悲しみ以上のものがこもっていたのです。怒《いか》り、やるせなさ、情《なさ》けなさ。だれにぶつけたらいいのかわからない、憎《にく》しみ。そんなもので、彼女《かのじょ》の胸《むね》は張《は》りさけそうになっていたのでしょう。

窓《まど》ちゃん、そのとき私《わたし》が思っていたのは、どんなことだったと思いますか?

それはね、これが戦争なんだってこと。

クラスター爆弾《ばくだん》、大量破壊兵器《たいりょうはかいへいき》。それだけが戦争じゃない。

戦争が終わったあと、残された爆弾《ばくだん》によって、命を失う子どもがいる。その子どものおかあさんが泣いている。復讐《ふくしゅう》に生きようとする幼《おさな》い子どもがいる。

みんな、それぞれの名前を持っている、ひとりの人間です。

犠牲《ぎせい》者の数、というのが、資料《しりょう》にはよく出ていますね。数字です。ただの数字です。でも、その数字のひとつひとつには、ひとりひとりの名前がある、ひとりひとりの命がある、ということを、私《わたし》たちは忘《わす》れてはいないでしょうか。

爆撃《ばくげき》された建物を、修復《しゅうふく》することはできる。

学校の授業《じゅぎょう》を、再開《さいかい》することもできる。

けれども、失われた命はもう二度と、もどってこない。

失われたものを求める旅には、終わりはない。

これが戦争なんだ――。


来月、またイラクへ行きます。行きたいのか、行きたくないのか、わからなくなっています。私《わたし》にはジャーナリストになる資格《しかく》も能力《のうりょく》もないという気がしています。

弱音でしょうか？　弱音です。

弱虫の私《わたし》にわかっていること、言えることは、これだけです。

戦争が終わったあとに、子どもたちの戦争は始まる。人間は懲《こ》りない。おんなじことをくり返している。

大人が始めた戦争によって、バタバタと死んでいくのは子どもだ。

政治家《せいじか》よ、軍人よ、権力者《けんりょくしゃ》よ、死の商人よ、おまえたちにはこれ以上、子どもたちを殺す権利《けんり》はない。

イラクで、私《わたし》はまた、死んでゆく子どもたちを目にしなくてはなりません。

窓《まど》ちゃん、私《わたし》はつらいのです。

イラクではなくて、私《わたし》は日本へ行きたい。日本へ行ってあなたに会って、あなたを思い切り抱《だ》きしめたい。

そう思うことは、許《ゆる》されないことでしょうか？

いつまで旅をつづければ、私《わたし》はあなたに会えるのでしょう。

愛を贈《おく》る

「ねえ、窓香《まどか》、失恋《しつれん》につけるクスリ、教えてあげようか。知りたい？」

「知りたい、かも」

「松山千春さまの『寒い夜』を百回、聞く。これがクスリ」

「百回も聞いたら、ばかになっちゃう」

「だから聞くのだよ。ばかになれば、恋《こい》のことなんか忘《わす》れちゃえるだろ」

「ばかにならないままで、忘《わす》れるクスリはないの？」

「ないね。いや、あるかも。あした会ったら、ハグ百回してあげる」

「効《き》くかなぁ」

「あ、窓香《まどか》ったらあたしのこと、信じてない？　キミ、友情《ゆうじょう》を信じなさい」

真夜中の二時過《す》ぎ。

カミちゃんとのいつもの長電話を終えたのは、十二時ちょっと前だったから、あれから二時間近く、眠《ねむ》れないままでいる。

眠《ねむ》ろうとすればするほど、頭がさえてくる。

きょう、学校で、いろんなことがありすぎた。

体はぐったり疲《つか》れているのに、眠《ねむ》れない。

しかたがないから、失恋《しつれん》に効《き》くという「寒い夜」を聴《き》くことにした。聴《き》きながら、ベッドのなかで目を閉《と》じたまま、ぐるぐるぐるぐる、いろんなことを考えている。

学校祭について。

日本語と英語の両方でおこなわれた、スピーチ大会について。

この大会に備《そな》えて、夏休み中から、わたしたち五人は一生懸命《いっしょうけんめい》、リサーチを重ねてきた。

わたしたちの取りあげたテーマは「戦争と子ども」で、わたしは母のノートに書かれていた手紙の一部を、みんなに読んでもらった。みんな、それぞれに感動したり、共感したりしてくれた。スピーチのなかには、そのことも少しだけ出てくる。

だから、おばあちゃんにだけは、知らせておいた。おばあちゃんは学校祭を見に来るって言ってたから。ちゃんと知らせておいたほうがいいかなって思って。

「へえ、じゃあ、あのとき外国から届《とど》いた小包が……」

おばあちゃんは最初はびっくりしていたけれど、でも理解《りかい》してくれた。

「そのノートは、真美子さんから窓香《まどか》ちゃんへの、遺言《ゆいごん》みたいなものなんだから、大切にしなくちゃね」って。

遺言《ゆいごん》か。

あれ？

遺言《ゆいごん》って、自分はもうすぐ死ぬとわかっている人が書くものじゃなかったっけ？

ノートのこと、父には言えなかった。だけど、おばあちゃんは「あたしがちゃんと伝えておくから、心配しなくていい」って言ってくれた。

学校祭には行けないだろうと言っていた父は結局、スピーチ大会だけ見に来てた。わざわざ会社を半日、休んで。

やっぱり心配だったのかなぁ。

何が？

わかんないよ、パパの気持ちなんて。

「窓香《まどか》の英語がいちばんうまかった」って、ほめてくれたけど。

内容《ないよう》については、おばあちゃんは「すごくよかった」って。父は何も言わなかったけど、あの発表について、どう思っただろう。

あのテーマと母が密接《みっせつ》につながっていることに気づいて、びっくりして、それからどう思ったんだろう。わたしは何もたずねなかったし、父からも何も言われなかった。

パパは今、マミーのことをどう思っているのだろう。

わかんないよ、そんなこと。

あしたのことなど　わかるはずもない……

「寒い夜」を聴《き》きながら、ぐるぐる思いをめぐらせているさいちゅうに、心のなかに、不思議なできごとが浮《う》かんでくる。

玲奈《れいな》が日本語で発表したあと、わたしが英語で発表しているときだった。

そのときにはもう、わざと下手に発音しようなんて、思ってもいなかった。

小学生時代、英語が原因《げんいん》でいじめられていたことも忘《わす》れていた。

グループ内で練習しているとき、坂本くんが言ってくれた――「森田さん、アメージングだよ。アメリカ人みたいにうまいじゃない。なんか、映画《えいが》のなかにいるみたいな錯覚《さっかく》」という言葉をお守りにして、ただ夢中《むちゅう》で、話しているときだった。

わたしの内面で、もうひとりのわたしが目を覚ましたような、そんな不思議な感覚に捕《と》らわれた。抽象的《ちゅうしょう》なものに手でさわっているような、曰《いわ》く言いがたい感覚。

あれっ？　なんなのこの子は。

あなたはだれ？

その子は、いつものわたしと違《ちが》って、とっても人なつこくて、キラキラ輝《かがや》く瞳《ひとみ》と、明るい笑顔の持ち主で、まっすぐで、純粋《じゅんすい》で、エネルギーに満ちあふれていた。

スピーチを終えて拍手《はくしゅ》に包まれて、ほっとしているとき、はっと気づいた。

さっきのあのキラキラ少女は、湖のそばのあの小さな町で、マミーといっしょに暮《く》らしていた、五つの女の子だったんだなって。

正確《せいかく》に言うと、五つから八つまで。

わたしの「ぐるぐる」は、湖のそばの美しい町まで飛んでいく。

母といっしょに、大学内の英会話のクラスに通っていたことを思いだす。

アメリカで暮らしはじめたばかりのころだった。

母みたいに、夫の転勤《てんきん》にくっついてきた女の人たちに、ボランティアの人が無料で英会話を教えてくれるクラスだった。

ある日、車のなかで、母は父に対して、怒《おこ》ったような口調でこう言った。

「きょうでやめた。あんなとこ、もう行かない」

「え？　やめちゃうの？　せっかく始めたばかりなのに、どうして？」

と、たずねた父に対して、

「なんだか、ばかにされてるみたいで、すごくいやなの！　英語ができないってだけで、なんで、大の大人が幼稚園児《ようちえんじ》みたいに扱《あつか》われないといけないわけ？」

って、頭の先から湯気を出しながら、言ってた。

わたしは天国の母に話しかける。

マミー、覚えてる？

あれは、クラスのなかで、やらされていたゲームが原因《げんいん》だったんだよね？

わたしには楽しいゲームだったよ。

だって、わたしは幼稚園児《ようちえんじ》だったんだもの。

たとえば「ライオン」という英単語を、だれかが心のなかで思いうかべる。ひとりずつ、少しずつ、質問《しつもん》を投げかけていって、その単語を当てる、そういうゲーム。

マミーはきっと、あれがいやだったんだよね。

マミーの怒《おこ》った顔を、今、思いだして、わたしはひとりで笑ってるよ。

五歳《さい》から八歳《さい》までの記憶《きおく》は、こんなふうにいつも突然《とつぜん》、ぽっと浮《う》かんでくる。川の流れのなかにある、飛び石みたいな記憶《きおく》。

決してひとつにつながってはいないのに、なぜか自然につながっているような。

もしも、天国に電話をかけられるのだとしたら、わたしはマミーにこう言いたい。

きょうね、キラキラ少女時代のわたしと、マミーのことを思いだしたんだよ。もしかしたら、英語で発表しているとき、わたしの内面に「マミーがいる」って感じたのかな。マミーがもどってきた。マミーはいつもここにいる。うん、そういうこと。

そういうわけで、スピーチはうまくいった。

グループのみんなも、満足していたみたいだった。先生からもほめられた。難《むずか》しくて、重たいテーマなのに、本当によくがんばって、リサーチしたねって。

このあと、一週間後に投票の結果発表があって、学校代表が決まるんだけど、わたしにとっては、結果なんてどうでもいいし、県大会に出たいなんて、望んでもいない。

寝返《ねがえ》りを打って、悲しかったことについて考える。

考えても考えてもどうしようもないことなのに、また考えてしまう。

考えちゃだめって、さっきカミちゃんにも言われたばかりなのに。

きょう、ショックなことがあった。

スピーチ大会が終わって、カミちゃんといっしょに、展示物《てんじぶつ》を見学しながらぶらぶら歩いているとき、聞かされた。

「窓香《まどか》、ごめんね。こんなこと、ほんとは教えたくないんだけど、わかってしまった」

「何が？」

「サカモトのこと」

「……」

「あいつには、彼女《かのじょ》がいた。年上の人」

「うそ！」

「うそじゃない。ほら、あたしのクラスに、高梨《たかなし》マリカって子がいるでしょ。サカモトがつきあってるのは、マリカのお姉さんなの。妹のマリカがそう証言《しょうげん》してるんだから、この事実は、まちがいじゃない」

マリカの姉。中三で、生徒会長。名前は高梨《たかなし》ユリカ。

「マリカのおうちに、遊びに来たこともあるんだって」

つまり、坂本くんと生徒会長は、彼《かれ》が彼女《かのじょ》のおうちにまで遊びに行くほど、行けるほど、親しいあいだがらだってこと？

「そういうこと」

ショックだった。

坂本くんに、年上の彼女《かのじょ》がいたなんて。しかも生徒会長。しかも、親からも認《みと》められている仲？

夏休みのあいだ中、わたしは坂本くんと会って——もちろんいつもほかの人がそばにいたわけだけど——話をしたり、意見交換《こうかん》をしたりして、同じ空間で、同じ時間を過《す》ごしているだけで、とても幸せだったし、楽しかったし、ドキドキしたり、キューンとなったり、うきうきしたり、ざわざわしたりして、めまぐるしく、気持ちが忙《いそが》しかった。

でも、その感情《かんじょう》のアップダウンが「すてきなできごと」でもあった。

自分が「ああ、生きているんだな」って気がしていた。

それまで、狭《せま》い部屋にじっと閉《と》じこもっていた暗い女の子が、やっと部屋から外に出ていって、明るい光のなかで、笑ったり、歌ったりしている。

そんな感じだった。

まるで自分が別人になったような、こんな自分になりたかったっていう自分になれたような。

これがハツコイってものなのだったら、それは本当に、すてきなできごとなんだなーって、思ってた。

だけど、終わってしまった。

学校祭が終わると同時に、ハツコイも、あっけなく終わってしまった。

あっけない最後だった。

動画が途中《とちゅう》で、プツン、と切れたみたいな。

告白もできなかったし、思いを伝えることもしなかった。よかったのかな、これで。片《かた》思いの恋《こい》、ジ・エンド。これで、よかったのかな。

マミーは何歳《さい》のとき、どんな初恋《はつこい》をしたんだろう？

マミーに会えたら、まっさきにたずねてみたいと思う。

でもカミちゃんは、言ってた。「絶対《ぜったい》、ママなんかには、たずねない。あたしの恋《こい》問題について、いちばん知られたくないのは、うちのママだよ」って。

「窓香《まどか》のママは亡《な》くなってしまっているから、いいイメージしか残ってないんだよ。生きてたらね、もっとうるさくて、もっとめんどうだよ、ママなんて」

そうなのかな？

ひとりぼっちの夜の底を、松山千春の声が流れていく。

これで再生《さいせい》、何回め？

どうせ　ひとりきりさ
さびしくも　ないさ……

二番の途中《とちゅう》まで聞いたとき、わたしはなぜかベッドから抜《ぬ》けだして、引き出しの奥《おく》から母のノートを取りだしていた。

気がついたら、そういうふうにしていた。

手紙を読みかえしたいって、思っていたわけじゃない。

でも、なんて言えばいいのかな、ノートから呼《よ》ばれているみたいな、そんな気持ちになっていた。

ノートがわたしを呼《よ》んでいる？

あなたは、ひとりじゃないよって？

これって、母がわたしを呼《よ》んでいるってことなのかな。

手づくりのカバーをそっとはずして、ピンク色の表紙の刺《し》しゅうをなでてみる。木と枝《えだ》と、木の葉と木の実と花と、二羽のはと。

大昔からアメリカ大陸に住んでいて、もしかしたら、その祖先《そせん》は、アジアから歩いて渡《わた》ってきたのかもしれない、ネイティブアメリカンの人が作ったというノート。

一枚《まい》、一枚《まい》、ページをめくりながら、わたしは思う。自分の思いを書く、思いを表現《ひょうげん》することって、大切なことなんだなって、当たり前かもしれないことを特別なことのように。

きっと、マミーも、そうだったんだよね。

このノートに、いろいろなことを書くことによって、考えを深めたり、さらにいろんなことを考えたり、してたんだよね。

思いを歌にするのか、文章にするのか、絵にするのか、英語にするのか、それは人それぞれだと思うけれど、とにかく「思いを表現《ひょうげん》する」ってことの大切さを、今、わたしも感じている。真夜中の部屋で、ひとり。

ううん、もしかしたら、マミーといっしょに。

思いを表現《ひょうげん》するということは、自分の思いを形にする、ということで、それはそのまま、自分が自分であることに、自分らしい自分に自信を持つってことなのかなって思う。

そんなことを思いながら、わたしは、机《つくえ》の上にノートを開いたまま置いた。

ペン立てのなかから、ペンを抜《ぬ》きとる。

イラクへ行く前に書かれた手紙のあと、半分以上、残されている白紙のページ。

その最初のページに、書いた。

大好きなマミーへ

一行目は、マミーの書き方をまねてみた。

二行目からは、心に浮《う》かんでくることをそのまま文字にした。


突然《とつぜん》だけど、マミーが短いあいだ、わたしのおかあさんでいてくれたことに、すごく感謝《かんしゃ》してる。

マミーがわたしの知らない世界を旅して、わたしの知りようもないことをたくさん、このノートに書いて伝えようとしてくれたことに、感謝《かんしゃ》してる。

普通《ふつう》の人なら、恐《おそ》ろしくて行けないようなところへも、どんどん行って、世界を広げて、世界を見ようとしたマミーのことを、わたしは誇《ほこ》りに思う。

ずっとずっと、さびしかったけど、今はもうさびしくはないよ。

マミー、ありがとう。

たくさん、たくさん、ありがとう。

わたしに愛をくれて、ありがとう。

わたしに言葉を残してくれて、ありがとう。

わたしからもマミーに、愛を贈《おく》るよ。

両手いっぱいの愛を贈《おく》るよ。

いつか、マミーの見た世界を、わたしも見てみたいです。

ウガンダへも、戦場へも、難民《なんみん》キャンプへも行く勇気はないけれど、マミーの物語に出てくるナバホ国へは、いつか、行ってみたいです。

土地も道も景色も空も空間も、大きすぎて広すぎて、あいた口がふさがらなくて、大自然なんて言葉がふさわしくない、と思えるような宇宙《うちゅう》的名勝っていう世界を、わたしもいつか、見てみたいです。

おやすみなさい。

あなたの窓《まど》より

旅立ち

あれから、七年が過《す》ぎた。

母のノートのうしろのほうに残っていた白紙のページに、母への手紙を書いてから。

生意気な中学生だった女の子の書いた、どこか幼《おさな》い文章を読みかえしたあと、私《わたし》は顔を上げて、窓《まど》の外に広がっている夕暮《ゆうぐ》れ時の空と大地をながめる。

ここは、ナバホ国。

アリゾナ州、ニューメキシコ州、ユタ州にまたがる、ネイティブアメリカンの居住地《きょじゅうち》。

人口は十万人で、アメリカ政府《せいふ》から、〝独立《どくりつ》国家〟として承認《しょうにん》されている。

空には、白い月が浮《う》かんでいる。

満月に近い形をしている。

大地は赤土で、ところどころに、乾《かわ》いた土地でも生きていける低木や草が生えている。

その大地の上に、ぽつん、ぽつん、ぽつん、と、たたずんでいる岩山。

巨大《きょだい》な岩の帽子《ぼうし》のような形をしているのが「メサ」。

メサが崩《くず》れて、帽子《ぼうし》の一部がとんがり山みたいになっているのが「ビュート」。

気の遠くなるような時間をかけて、少しずつ、少しずつ、崩《くず》れてゆく岩山。

それらが、まさに宇宙《うちゅう》的と言えるような空間に置かれている。

そう、空のかなたから神様が手をのばして「置いた」ように見える。

まるで何かの記念碑《きねんひ》のように見えることから、モニュメントバレーという名がついたそうだ。記念碑《きねんひ》のような岩山がいったいどれくらいあるのか、その数は、だれにも把握《はあく》できていないという。

ホテルのフロントデスクでもらったパンフレットには「これらの岩山は、二億七千万年前の地層《ちそう》、ナバホ・サンドストーンでできており、ロッキー山脈から流れこんできた砂《すな》が二千五百万年以上をかけて堆積《たいせき》し、盛《も》りあがったり、削《けず》られたりしてできたものである」と記されていた。

母はこの、永遠《えいえん》の砂《すな》のなかで、永遠《えいえん》の眠《ねむ》りについている。

――日本へ行ってあなたに会って、あなたを思い切り抱きしめたい。

――そう思うことは、許《ゆる》されないことでしょうか？

――いつまで旅をつづければ、私はあなたに会えるのでしょう。

答えの返ってこない問いを残して、母は旅立った。

そのときにはまだ、母は生きてこの世にいたのに、私《わたし》は答えを母に伝えるすべを持っていなかった。

今は持っている。私《わたし》は彼女《かのじょ》に「答え」を伝えてあげられる。

許《ゆる》されないことであるはずがない。

人はいつだって、愛する人を心のなかに住まわせている。たとえもう二度と、会えない人であっても、思いつづけることで、その人といっしょにいられる。

母に言ってあげたい。いつだって、いっしょだよ、と。

あなたは私《わたし》を捨《す》てたんじゃない。

夢《ゆめ》を追いかけつづけたあなたを、私《わたし》は誇《ほこ》りに思っている。

いつか、私《わたし》があなたの年齢《ねんれい》を追い越《こ》して、あなたよりも年上になったとき、私《わたし》はあなたを思い切り抱《だ》きしめてあげたい。

チェックインしたあと一番にしたことは、母のお墓参《はかまい》りだった。

もちろん、ここに彼女《かのじょ》のお墓《はか》があるわけじゃない。

しかし、ジェフリーの話によると、

「冗談《じょうだん》だったのか、本気だったのか、今となってはぼくにはわからないが、マミコはナバホ国への旅からもどってきたとき、『私《わたし》があなたより先に死んだら、あそこから遺灰《いはい》をまいてね』って言ってたんだ」

そして彼《かれ》は、それを実行してくれた。

ジェフリーから教わった通り、ホテルの敷地《しきち》内からアクセスできる、小高い岩山の上まで登って、そこ――彼《かれ》が母の遺灰《いはい》をまいた場所――からモニュメントバレー全体を見下ろしてみた。

胸《むね》のすくような景色だった。

人の理解《りかい》を超《こ》えている広さだった。

人間なんて、砂《すな》つぶみたいなものじゃないかと思えるような。

この景色を、母も見たんだなと思った。

彼女《かのじょ》もここに立って、この宇宙《うちゅう》的な景色に圧倒《あっとう》され、言葉を失っていた。

気がついたら私《わたし》は、その場にしゃがんでいた。

しゃがんで、手を合わせていた。「日本人だなぁ」と思った。しゃがんで、手を合わせずにはいられなかった。

マミー、来たよ。会いに来たよ。

心のなかで、そう声をかけていた。


マンハッタンでジェフリーに会ったのは、去年の夏休みだった。

私《わたし》は十九歳《さい》で、都内の大学の文学部に通う二年生。

関西の大学に進んだ親友のカミちゃんとふたりで、アメリカ東海岸への旅を計画し、ニューヨークとボストンとフィラデルフィアを訪《たず》ねた。

反対されるかと思ったけれど、父は快《こころよ》く許《ゆる》してくれた。

「おれが行くなって言っても、行くんだろうし。親の許《ゆる》しが必要な年でもないよな」

ジェフリーに会う、ということまでは、打ち明けなかった。

もしかしたら、勘《かん》づいていたのかもしれないけれど。

おばあちゃんには、話してあった。

「ぜひ会ってきなさい。いろんな話を聞かせてもらうといいわ。佑樹《ゆうき》には、あたしから説明しておくから」

高校生になったころから、父とはあんまり口をきかなくなっていた。

父を避《さ》けていたわけではない。父の仕事はとても忙《いそが》しそうだったし、地方出張《しゅっちょう》も多くて、まともに顔を合わせるチャンスがなくなっていたのだった。

ジェフリーは私《わたし》に、母の生前のできごとや、母がどこで、どんなふうにして亡《な》くなったのか、などについて、知っている限《かぎ》りのことをすべて教えてくれた。

母の手紙が、イラクへの旅以降《いこう》、書かれなかったことの理由も。

「彼女《かのじょ》は生活のため、言ってしまえば、ビザのために、チャイナタウンにある飲食店で働いていた。日々《ひび》の仕事で疲《つか》れているとわかっていたけど、ぼくは彼女《かのじょ》にむりやり休みを取らせて、戦場へ連れていかずにはいられなかった。彼女《かのじょ》は有能《ゆうのう》なアシスタントであり、ぼくにとっては右腕《みぎうで》のような存在《そんざい》になっていたから。だけど、彼女《かのじょ》が、外国の戦場ではなくて、アメリカに興味《きょうみ》を持ちはじめていたことも知っていた。彼女《かのじょ》はきっと、自分の生まれ故郷《こきょう》であるアジアと、アメリカを結びつけるような存在《そんざい》として、ネイティブアメリカンの物語に興味《きょうみ》を抱《いだ》きはじめていたんだと思う。いや、報道《ほうどう》よりも物語に、と言うべきかな。彼女《かのじょ》は、報道《ほうどう》という形ではなくて、物語を書くという形で、世界とつながっていたくなったのかもしれない。あるいは報道《ほうどう》に絶望《ぜつぼう》し、物語に希望を見いだしたということなのかな」

あくまでも、ぼくの想像《そうぞう》と解釈《かいしゃく》にすぎないわけだが、と、付けくわえることも忘《わす》れなかった。

私《わたし》がたずねるよりも先に、ジェフリーは母の死について、語ってくれた。

「アフガニスタンで、アメリカ軍の爆発物処理《ばくはつぶつしょり》チームの任務《にんむ》に同行したときだって、『私《わたし》には弾《たま》は当たらないの』なんて言ってたのに……」

実際《じっさい》に、それは非常《ひじょう》に危険《きけん》な取材だったようだ。

なぜなら当時は、

「アメリカ軍の装甲車《そうこうしゃ》を狙《ねら》って、攻撃《こうげき》をしかけてくる過激派《かげきは》たちがうじゃうじゃいたからね。われわれは、いつ死んでもおかしくない状況《じょうきょう》のなかで仕事をしていたんだ」

そのあとにジェフリーは、母の言葉をくり返した。

「マミコはいつも『私《わたし》には弾《たま》は当たらない。＊＊＊が守ってくれてるから』と笑顔でそう言っていた」
＊＊＊のところがうまく聞きとれなかったので、私《わたし》は聞きかえした。
「だれが彼女《かのじょ》を守ってくれていたの？」

ジェフリーは、私《わたし》から少しだけ視線《しせん》をはずして答えた。

「それはつまり、きみだよ。マミコを守っていたのは『私の娘《マイラブ》』だった」

マイラブという単語を耳にしたとき、不覚にも、涙《なみだ》があふれてしまった。

油断《ゆだん》していた。

ジェフリーに会う前には「人前で泣いたりしない」と、心にかたく決めていたのに。

何度も危険《きけん》な目に遭《あ》いながら、そのたびに命拾いをしてきた母は、何度目かの取材旅行からニューヨークへもどってきて、空港からタクシーで自宅《じたく》へ向かう途中《とちゅう》、高速道路で追《つい》突事故《とつじこ》に遭《あ》って、命を落とした。

亡《な》くなったのは、運びこまれた救急病院のベッドの上。

手術《しゅじゅつ》は成功して、麻酔《ますい》から覚めたときには、ジェフリーの手を握《にぎ》りかえしてくるほど回《かい》復《ふく》していたという。

「自分にもしものことがあったら、きみに、ピンク色のノートを渡《わた》してほしいと、彼女《かのじょ》に頼《たの》まれたのは、そのときだよ。ノートに書かれているのはすべて、きみに宛《あ》てて書いた手紙だからって」

母が生前、ほかのどこよりも気に入っていたというナバホ国を、近いうちに必ず訪《たず》ねてみようと決めたのは、そのときだった――。

身じたくをととのえて、ホテルの一階にあるレストランへ行った。

開店時間までは、まだ三十分ほどある。

レストランの入り口はしまっていたけれど、そこで、ひとりの女の人が私《わたし》を待ってくれていた。

アンジー、こと、アンジェリーナ。

母が書いていた通りだった。

彼女《かのじょ》が開口一番、英語を口にしなかったら、どこからどう見ても日本人女性《じょせい》としか思えない。町ですれ違《ちが》ったら、思わずふり返ってしまいそうになるほどの美人だった。

「ようこそ、よくいらっしゃいました」

「こちらこそ、ありがとうございます」

あいさつの言葉を交わしたあと、アンジーは私《わたし》を、展望台《てんぼうだい》の近くにあるギフトショップまで案内してくれた。

ナバホ国を訪《たず》ねようと決めたあと、自己紹介《じこしょうかい》と、母のことを書いた手紙をホテル宛《あて》に出しておいた。ナバホ国にあるホテルは、ここ一軒《けん》だけだった。

彼女《かのじょ》はメールで返事をくれた。冒頭《ぼうとう》には「あなたのおかあさんのことをはっきり覚えています」と書かれていた。

「私《わたし》があなたのおかあさんに会ったのは、ここです」

ギフトショップのレジでは、ほかのスタッフが働いていた。今はレストランのマネージヤーに昇格《しょうかく》したアンジーも、当時はここで働いていたという。

アンジーは、売り場のカウンターのなかに入ると、そこから私《わたし》を手招《てまね》きした。

ショーケースをはさんで、私《わたし》たちは向かいあった。

アンジーの説明を聞かなくても、その場面をくっきりと再現《さいげん》することができた。

母はショーケースのなかの「物語人形《ストーリーテラー》」に心を引かれ、アンジーはそれを取りだして母に見せた。ふたりが話をしているさいちゅうに、背後《はいご》から、日本人観光客が近づいてきて、アンジーに声をかけた。

その瞬間《しゅんかん》、母の頭のなかに、あの「物語」が浮《う》かんだのだろう。

この男の子と、この女の子は知りあって、仲よくなる。女の子は、男の子の暮《く》らす日本を訪《おとず》れる。ふたりは愛しあい、結ばれて、子どもをもうける。その子を連れて、ふたりはナバホ国へもどっていく――そんな物語だろうか。ネイティブアメリカンの住んでいたアメリカ大陸と、その祖先《そせん》が暮《く》らしていたかもしれないアジアに、虹《にじ》の橋をかけるような物語。いつか、最後まで完成させて、私《わたし》に読ませたいと思っていた、母のストーリーは。

「あなたのおかあさんは、この人形を買われました」

アンジーが取りだして見せてくれた人形を、手に取って、見た。

おばあちゃんのひざの上、肩《かた》の上、頭の上にまで、小さな生き物や小鳥たちがのっかって、おばあちゃんの語るお話に耳を傾《かたむ》けている。

私《わたし》の目の前で、物語の卵《たまご》が割《わ》れ、つぎつぎに雛《ひな》が孵《かえ》って、たちまちのうちに飛びたっていくようだった。

アンジーには、アイラという名のふたごの兄がいて、アイラは、イシという名の馬をかわいがっていて、でもアイラはイシを残して死んでしまう。日本から訪《たず》ねてきた男の子はアンジーに、アイラとイシを思いださせた――。

そのときたしかに私《わたし》も、「物語の生まれる瞬間《しゅんかん》」というものを味わっていた。そのときたしかに「母がここにいる」と感じていた。母の物語は私《わたし》のなかで、新たに生まれ、新たな生命を得たのだ、と。

ふたりでふたたびレストランの前までもどってきたとき、

「アンジー、ありがとう。まるで、母に会えたような気がします。母のことを覚えてくださっていたことに感謝《かんしゃ》します」

お礼を言うと、彼女《かのじょ》は両腕《りょううで》で私《わたし》をハグしてくれた。

「お料理もエンジョイしてください。あなたのおかあさんの食べた料理を、あなたも食べてください。レストランのメニューは、あのときと変わっていません」

母が食べたのは、チーズ・ケサディーアと取り放題のサラダ。彼女《かのじょ》は菜食主義者《しゅぎしゃ》だった。

翌朝《よくあさ》、浅い眠《ねむ》りから目を覚まして、はだしのままで部屋のバルコニーに出てみた。

背伸《せの》びをして、深呼吸《しんこきゅう》をして、それから空を見上げた。

三つの岩山は、夜と朝が入りまじったような空に包まれている。

はるかかなたの地平線の縁《ふち》が、ほんの少しだけ、紅《べに》を引いたように赤く染《そ》まっている。

太陽は、あそこから昇《のぼ》ってくるのだろう。

マミー、おはよう。朝が来たよ。私《わたし》はここにいるよ。二十歳《はたち》だよ。

思いを言葉にしたら、そんなふうになった。

と、そのとき、どこからともなく、笛の音が聞こえてきた。

笛の音、なのかどうかは、わからない。

小鳥の声、なのだろうか？

そういえば、きのう、沙漠《さばく》で目にした尾羽《おばね》の長い鳥は、ロードランナーという名の大ぶりな鳥で、空を飛ぶのではなくて、地面を走りまわる鳥だと、近くにいた観光客が教えてくれた。

これが、あの鳥の鳴き声？

私《わたし》は耳を澄《す》ました。

遠くから、だんだん近づいてくる、昔なつかしいような笛の音。

もしかしたら、これが？

これが、あの？

母のノートに書かれていた、あの長い手紙に出てきた――あれはなんの笛だったか。

名前がとっさに出てこない。

かわいらしい名前だった。ネイティブアメリカンの精霊《せいれい》の名前だった。

ああ、思いだせない。もどかしい。

あわてて部屋にかけもどり、ライティングデスクの上に置いてあるピンク色のノートのページをめくった。

めくって、めくって、そして見つけた。

母は書いている。


「おばあちゃんの最初のひとことはね、『ココペリの笛が聞こえるよ』っていうんです」

ココペリの笛が聞こえる――。

その言葉を耳にした瞬間《しゅんかん》、私《わたし》の心のなかをさぁっと、ひとつの壮大《そうだい》な物語の影《かげ》が横切っていったような、そんな気がしました。

これだ。ココペリだ。

けれども、その言葉を見つけたとき、笛の音はこつぜんと消えていた。部屋のなかにはただ、かすかな空調の音だけが流れている。どこからも、何も聞こえてこない。

それでも私《わたし》の耳の奥《おく》ではまだ、残響《ざんきょう》がこだましていた。

ココペリが来てくれた。

ナバホ国にいる私《わたし》のもとへ。

ココペリはホピ族の精霊《せいれい》で、ネイティブアメリカンにとっては、豊作《ほうさく》や子宝《こだから》をもたらす神様でもあるという。文字を持たない先住民たちの、コミュニケーション役も果たしていたらしい。

笛を吹《ふ》きながら、あちこちの土地をめぐっては「あそこでは、こんなことがあったよ」「向こうでは、こんなことがあったよ」と、よその土地で起こったできごとを伝えてくれていたという。

私《わたし》は、母のノートのうしろのほうにまだ残っている、白いページをあけた。

椅子《いす》に腰《こし》かけてペンを握《にぎ》りしめ、母の未完の物語のつづきを書きはじめる。

窓《まど》の外に広がっている空が、すみれ色に染《そ》まっている。
もうじき夜が明ける。
旅立ちのときがやってくる。

この作品は、書き下ろしのフィクションです。
登場人物は、実在の人物とはいっさい関係がありません。
ウガンダ、コソボ、アフガン難民キャンプ、イラクなどに関する記述については、
2012年8月、シリア内戦の取材中に亡くなられたジャーナリスト、
山本美香さんの著書『戦争を取材する 子どもたちは何を体験したのか』(講談社)、
『ぼくの村は戦場だった。』(マガジンハウス)を参考にしております。
ここに記して、山本美香さんの業績に敬意を表します。
また、本作に登場する『寒い夜』は、著者の敬愛するアーティスト、
松山千春さんの楽曲です。ここに記して、松山千春さんに謝意を表します。

作中に登場する以下の二作品は、実在する書籍です。
・『私たちが子どもだったころ、世界は戦争だった』(文藝春秋)
・『イラクの小さな橋を渡って』(光文社)

小手鞠るい（こでまり・るい）

1956年岡山県生まれ。同志社大学法学部卒業。1992年からアメリカ在住。小説家、児童文学作家。サンリオ「詩とメルヘン」賞、「海燕」新人文学賞、島清恋愛文学賞、ボローニャ国際児童図書賞などを受賞。2019年『ある晴れた夏の朝』で、第68回小学館児童出版文化賞を受賞。主な作品に『エンキョリレンアイ』『アップルソング』『星ちりばめたる旗』『炎の来歴』『きみの声を聞かせて』『初恋まねき猫』『放課後の文章教室』『空から森が降ってくる』などがある。

窓

2020年2月9日　初版第1刷発行

作　小手鞠るい

発行者　野村敦司
発行所　株式会社小学館
〒101-8001　東京都千代田区一ツ橋2-3-1
電話　編集 03-3230-5416
販売 03-5281-3555

印刷所　萩原印刷株式会社
製本所　株式会社若林製本工場

ISBN978-4-09-289778-6

ブックデザイン◆坂川栄治＋鳴田小夜子（坂川事務所）
イラストレーション◆いしざきなおこ
制作◆後藤直之　資材◆斉藤陽子　販売◆筆谷利佳子　宣伝◆綾部千恵
編集◆喜入今日子